光文社古典新訳文庫

幸福な王子／柘榴の家

ワイルド

小尾芙佐訳

kobunsha classics

光文社

Title: THE HAPPY PRINCE AND OTHER TALES/
A HOUSE OF POMEGRANATES
1888/1891
Author: Oscar Wilde

『幸福な王子／柘榴の家』＊目次

幸福な王子とその他の物語　9

柘榴の家　103

幸福な王子／柘榴《ざくろ》の家

『幸福な王子とその他の物語』

THE HAPPY PRINCE AND OTHER TALES

幸福な王子

街から仰ぎ見るほどに高い石柱の上に聳《そび》え立っているのは、幸福な王子の像であった。全身は黄金の箔でおおわれており、双眼《そうがん》は冴えわたる二つの蒼玉《サファイア》、その剣の柄《つか》には大きな紅い紅玉《ルビー》が燦然《さんぜん》と輝いている。

たしかに王子はたいそうな賞賛を浴びていた。「さすが風見鶏のように美しい」ある市会議員がそう所見を述べたのは、なるほど審美眼《しんびがん》をお持ちだと世人に認めてもらいたかったからだ。「ただし、それほど役には立つまい」とつけくわえたのは、自分が有用な人物ではないと、世人に思われぬよう用心したからだが、じつをいえばかれは有用な人物だったのである。

「どうしておまえは、幸福な王子さまのようになれないの？」ないものねだりをして泣きさけぶ幼子《おさなご》に賢い母親がいった。「幸福な王子さまは、泣いておねだりするなんて夢にも考えたりなさらないのよ」

「ほんとうに幸福だというやつがこの世にいるとはうれしいねえ」失意の男が、この素晴らしい彫像《ちょうぞう》を見つめながらつぶやいた。

「天使さまにそっくり」慈善学校の生徒たちがいった。みんな揃《そろ》いの真紅のマントをはおり、真っ白なエプロンをかけて、いましも大聖堂から出てきたところだった。

「どうしてそっくりだとわかるのかね」と数学の教師がいった。「天使を見たこともないくせに」

「ああ！　でも夢のなかでは見たことがあるんです」生徒たちは答えた。すると数学の教師は眉をひそめ、たいそう険しい顔になったが、それは子どもたちが夢を見ることに賛成ではなかったからである。

ある晩のこと、この街の空に一羽のかわいい燕《つばめ》が飛んできた。仲間たちはみんな、六週間も前にエジプトへと旅立ってしまったのに、この燕だけがあとに残ったのは、たいそう美しい葦《あし》に恋していたからである。葦に出合ったのは早春のこと、黄色の大きな蛾《が》を追って川面《かわも》を飛んでいたとき、そのほっそりとした腰にすっかり魅せられて話しかけたのだった。

「あなたに恋してもいいだろうか？」すぐに要点に入りたがる燕がそういうと、葦は深々とお辞儀をした。そこで燕は葦のまわりをぐるぐると飛び、翼を水面に触れては銀色のさざ波をたてた。燕のこの求愛の儀式は夏じゅうつづいたのである。

「あほらしい恋だねえ」仲間の燕たちはさえずりあった。「相手は金もないのに、親類だけはそりゃどっさりいるんだぜ」じっさい川辺には葦が生い茂っていた。やがて秋がくると、仲間たちはそろって旅立ってしまった。

仲間がいってしまうと、燕は淋しくなり、恋人にも少々飽きてきた。「あれには会話というものがない」燕はつぶやいた。「おまけにどうやら浮気性らしい、だってしじゅう風といちゃついているんだもの」たしかに風が吹いてくると、葦はそれは優雅な会釈《えしゃく》をするのである。「それにたしかに出不精だしね。でも、このぼくは旅が好きなんだから、したがって連れ合いも旅が好きでなくちゃいけない」

「いっしょに旅に出ないか？」燕はとうとうそういってみたが、葦は首をふるばかり、それほど葦はこの地に愛着があったのである。

「きみはぼくを弄《もてあそ》んでいたんだな」燕は叫んだ。「ぼくはもうピラミッドに向かうよ。さよならだ！」そして燕は飛び立った。

ひがな一日、燕は飛びつづけ、夜になってこの街にたどりついた。「どこに宿をとろうかな?」燕はいった。「この街が用意してくれているといいんだけど」

そのとき燕は、高い石柱の上に立つ彫像に気づいた。

「あそこに泊まろう」燕は大声でいった。「申し分のない位置だし、新鮮な空気もどっさりあるし」そうして燕は、幸福な王子の足のあいだにおりたった。

「こりゃあ黄金《こがね》づくりのねぐらだぞ」燕はあたりを見まわして、そっとつぶやくと、寝支度にとりかかった。だが頭を羽の下にもぐりこませようとしたとたん、大きな水滴がおちてきた。「なんと、不思議なことがあるものだ!」燕は大声でいった。「空には一片の雲もないし、星もきらきら輝いているのに、雨が降るとはなあ。北ヨーロッパの天候はなんとも恐るべきものだな。葦はいつも雨が好きだったけど、あれはあいつの身勝手というものさ」

そこへまたひと粒、ぽとりと水滴がおちてきた。

「雨も防いでくれない彫像なんて使いものにならないな」と燕はいった。「どこかで具合のいい煙突《えんとつ》の通風管でも見つけないと」燕はここを飛び去ることにした。

だが羽を広げようとしたとき、三粒目の水滴がおちてきたので、燕は上を見あげた。

するとそこには――おお！　燕はいったいなにを見たのであろうか？

幸福な王子の目に涙があふれ、それが黄金の頰をつたって流れおちてくる。月光を浴びた王子の顔はそれは美しく、小さな燕の心は哀れみの情でいっぱいになった。

「いったいあなたはどなたですか？」燕は尋ねた。

「わたしは幸福な王子だよ」

「じゃあ、どうして泣いておられるんです？　おかげで、こちらはびしょぬれですよ」

「生きていたときのわたしには、人間の心があったのだが」彫像は答えた。「涙というものは知らなかった。なにしろ無憂宮《サンスーシ》で暮らしていたからね。悲しみはあそこに立ち入ることを許されない。昼は庭園で友たちと遊び、夜になれば大広間で舞踏の先頭に立つ。庭園のまわりには、たいそう高い塀がめぐらされていたが、その向こうになにがあるのか、わたしは尋ねようともしなかった。身のまわりにあるのは、それは美しいものばかりだった。廷臣《ていしん》たちはわたしを幸福な王子さまと呼んでいたが、たしかにわたしは幸福だった、もし快楽が幸福であるならね。そのようにわたしは生き、そのようにわたしは死んだ。そしてわたしが死ぬと、みながわたしをこんな高いところに据えたので、この街の醜さや惨めさが、わたしにもよく見えるようになった。わたしの心は鉛で作られているのに、あれを見ると泣かずにはいられないのだよ」

「なあーんだ！　純金製じゃないのか？」燕はひそかに考えた。礼儀を十二分にわきまえた燕なので、思ったことをそのまま口に出しはしなかった。

「はるかかなたの」彫像は、低く美しい声で話しつづけた。「はるかかなたの、とある路地に貧しい家がある。窓のひとつが開いており、女がひとりテーブルの前にすわっているのが見える。女の顔は痩せ細り、窶《やつ》れはてている。がさがさに荒れた赤い手は針の刺し傷だらけでね、あの女は針女《はりめ》なのだよ。女王の侍女のなかでもっとも美しい者が次の大舞踏会で着る繻子《しゅす》の衣裳に時計草《とけいそう》の花を刺繍しているのだ。部屋のすみにおかれた寝台で、幼い息子が病に臥《ふ》せっている。高熱があり、オレンジの果汁が欲しいとせがんでいる。母親があたえられるのは、川から汲《く》んできた水だけだ。だからその子は泣いている。燕よ、燕、かわいい燕よ、どうかわたしの剣の柄《つか》の紅玉《ルビー》をとって、あの女に届けてやってはくれまいか？　わたしの足は台座にしっかりくっついているので、動くことができないのだよ」

「エジプトで仲間が待っているんですよ」燕はいった。「いまごろ仲間たちは、ナイルの川面を飛びまわって大きな蓮の花に話しかけていますよ。もうじきみんなは、偉大な王の墓のなかにもぐりこんで眠るはずです。その王さまは、彩色された棺のなかに横たわっておられるんですよ。黄色の亜麻布でくるまれ、さまざまな香料で防腐処理がほどこされているんです。その首には、淡い緑の翡翠《ひすい》の首飾りがかけられていて、その両手は萎《しお》れた木の葉のようなんですよ」

「燕よ、燕、かわいい燕よ」王子は申された。「一夜だけわたしのもとにとどまって、わたしの使いをしてはくれまいか？　あの男の子はとても喉が渇いているのだよ、そして母親はたいそう悲しんでいる」

「どうも男の子は好きになれない」燕は答えた。「去年の夏、川のあたりを飛びまわっているとき、わるがきどもがふたり、粉屋の息子なんですけどね、いつもぼくに石を投げつけるんですよ。ぜったいあたりっこないけど。ぼくたち燕は、そんなものはひらりひらりとかわしてやりますからね。おまけにこのぼくは、敏捷《びんしょう》なことで有名な一族の生まれですもの。それにしても、まったく無礼なしうちですよ」

だが幸福な王子が、とても悲しそうな顔をしていたので、燕は哀れにおもった。「ここはとっても寒いんですけど」燕はいった。「でもまあ、一晩だけここに泊まって、あなたの使いをしてさしあげましょう」

「ありがとう、かわいい燕よ」と王子は申された。

そこで燕は、王子の剣の柄から大粒の紅玉《ルビー》を突きだし、それをくちばしにくわえて、街に連なる屋根の上を飛んでいった。

大聖堂の尖塔《せんとう》のわきを飛んでいくと、白い大理石の天使たちの彫像が見えた。王宮の横を通りすぎるときは、舞踏の音楽が聞こえた。美しい少女が、恋人といっしょにバルコニーに姿をあらわした。「ほんとうに美しい星空だね」恋人が少女にささやいている。「なんと素晴らしいのだろう、恋の力は!」

「わたくしのお衣裳が大舞踏会に間に合ってくれるとよいのだけれど」少女は答えた。「あのお衣裳に時計草を刺繍するようたのみましたのよ。でもお針子なんて、みんな怠け者ですものね」

川面をよぎるときには、あちらこちらの船の帆柱にカンテラがぶらさがっているのが見えた。ユダヤ人地区《ゲットー》の上を飛んでいくと、商いをしている年老いたユダヤ人たちの姿が、銅製の秤《はかり》で硬貨を量っているさまが見えた。ようやくあの貧しい家にたどりつくと、燕はなかをのぞきこんだ。少年は寝台で苦しそうに寝返りをうっている。母親は疲れきって眠りこんでいた。燕はぴょんと部屋にとびこむと、大きな紅玉《ルビー》を、卓にのっている母親の指ぬきのそばにおいた。そしてゆっくりと寝台のまわりを飛んで、その羽で少年の額をそっとあおいでやった。「ひんやりして気持ちがいいなあ。きっと病気がよくなってきたんだ」少年はそういうと、たちまち気持ちよさそうに眠ってしまった。

そうして燕は幸福な王子のもとに飛んで帰り、自分のしたことを報告した。「奇妙な感じなんですよ」燕はいった。「あたりはとても寒いのに、なんだか体がぽかぽかと温かいんです」

「それは、きみが善行をほどこしたからだよ」王子は申された。かわいい燕はそれについて考えてみたが、すぐに眠ってしまった。考えるといつも眠くなるのである。

夜が明けると、燕は川に飛んでいき水浴びをした。「なんという驚くべき現象だ」と橋の上を通りかかった鳥類学博士がそれを見て声をあげた。「冬に燕とは！」博士はこのことを長い書状にしたためて地方新聞に送った。だれしもがこの書状の言葉をそのまま引用した、理解不能の言葉がどっさり使われていたのである。

「今夜こそエジプトに向かうぞ」燕はいった。そのことを考えると、燕の胸は高鳴った。あらゆる記念碑を訪れ、教会の尖塔のてっぺんには長いこととまっていた。どこへいっても、雀《すずめ》たちがちゅんちゅんさえずり、「なんと気品のある旅人だろう！」といいかわしているので、燕は上機嫌だったのである。

月が昇ると、燕は幸福の王子のもとに飛んで帰った。「エジプトにご用のむきはありませんか？」燕は大声でいった。「これから出発します」

「燕よ、燕、かわいい燕よ」王子が申された。「もう一晩、ここに泊まってはくれまいか？」

「エジプトでみんなが待っているんですよ」燕は答えた。「あしたになると仲間たちは、第二瀑布《ばくふ》まで飛んでいきますし。あそこでは河馬《かば》が蒲《がま》のあいだにうずくまっているし、立派な御影石《みかげいし》の玉座には、メムノン神の巨像がすわっておられます。メムノン神は、夜じゅう星々を眺め、明けの星が輝くと、歓喜の叫びをひとこえ発して、あとは沈黙しておられます。午《ひる》には、黄色の獅子《しし》が川べりまでおりてきて水を飲むんです。緑玉《エメラルド》のような目をしていて、その唸《うな》り声ときたら、瀑布のとどろきよりも大きいんですよ」

「燕よ、燕、かわいい燕よ」王子は申された。「この街のずっとはずれにある屋根裏部屋に青年の姿が見えるのだ。青年は原稿用紙をひろげた机に突っ伏している。かたわらのコップには、萎《しお》れた菫《すみれ》がひとつかみさしてある。茶色の髪の毛は硬く縮れており、唇は柘榴《ざくろ》のように赤く、大きな目は夢見るようにうるんでいる。劇場の演出家のために芝居を書き上げようとがんばっているのだが、あまりの寒さに書きつづけることができない。暖炉の火格子に火の気はなく、空腹のあまり失神してしまったのだ」

「もう一晩だけ、おそばにいましょう」燕はほんとうに温かな心の持ち主だったのである。「紅玉《ルビー》をまたひとつ届けてやりましょうか？」

「ああ、悲しいかな！　もう紅玉はないのだよ」王子は申された。「残っているのはわたしの二つの目だけなのだ。目は珍しい蒼玉《サファイア》で、千年も昔にインドからもたらされたものだ。片方の目を突つきだして、それをあの青年のところに届けてやってはくれまいか。宝石商に売れば、食べ物と薪《まき》を買って芝居を書き上げることができるだろう」

「王子さま、わたしにそんなことはできません」そういうと燕は泣きだした。

「燕よ、燕、かわいい燕よ」王子は申された。「わたしの命じたとおりにしておくれ」

そこで燕は、王子の目を突つきだすと青年の屋根裏部屋へと飛んでいった。屋根に穴があいていたので、部屋に入るのはたやすかった。燕はその穴にさっと飛びこんで部屋に入りこんだ。青年は、両手で頭を抱えこんでいたので、燕の羽音は聞こえなかった。だから顔をあげたとき、萎れた菫《すみれ》の花の上に美しい蒼玉《サファイア》がのっているのにはじめて気づいたのである。

「ぼくもようよう価値を認められるようになったんだ」青年は大声をあげた。「こいつは、どこぞの裕福な崇拝者の贈り物だな。これがあれば芝居を書き上げられるぞ」青年はとても幸せそうだった。

あくる日、燕は港に飛んでいった。大きな船の帆柱にとまると、水夫たちが大きな櫃《はこ》に綱をかけて船倉から引き揚げる様子を眺めていた。「うんとこどっこい！」と水夫たちは、櫃が上がるたびに掛け声をかけた。「ぼくはエジプトに行くんだよ」燕がそう叫んだのに、だれも素知らぬ顔だった。月が昇ると燕は幸福な王子のもとに舞いもどった。

「お別れをいいにきたんです」燕は大声でいった。

「燕よ、燕、かわいい燕よ」王子さまは申された。「もう一夜ここに泊まってはくれまいか？」

「もう冬ですよ」燕は答えた。「冷たい雪がもうじき降りだすんです。エジプトでは、緑の椰子《やし》の木に太陽がさんさんと降りそそぎ、泥のなかに寝そべっている鰐《わに》どもが物憂げにあたりを見まわしています。ぼくの仲間たちは、バールベクの神殿で巣づくりの最中でしょうね。薄紅色と白の斑《まだら》の鳩がそれを眺めながら、くうくうと鳴き交わしていることでしょう。親愛なる王子さま、ぼくはお暇《いとま》しなければなりませんが、あなたのことは決して忘れはしません、来年の春には、あなたがあげてしまったもののにかわる二つの美しい宝石をかならずお届けしますよ。紅玉《ルビー》は紅色の薔薇《ばら》より紅く、蒼玉《サファイア》は、大洋のように青いものにしましょう」

「眼下の広場に」幸福な王子が申された。「燐寸《マッチ》売りの少女が立っている。かわいそうに燐寸を溝《どぶ》のなかにおとしてしまったので、みんなだめになってしまった。すこしでもお金をもって帰らなければ、父親があの子を叩く、だからあの子は泣いているのだ。あの子は、靴も長靴下もはいてない。小さな頭にかぶるものもない。わたしのもう片方の目を突つきだして、それをあの子にやっておくれ。そうすれば父親もあの子を叩きはすまい」

「もう一夜だけ、おそばにいることにしましょう」燕はいった。「でもあなたの目を突つきだすことはできません。そんなことをしたら、あなたは目が見えなくなってしまいますもの」

「燕よ、燕、かわいい燕よ」王子は申された。「わたしが命じたままにせよ」

そこで燕は、王子のもう一方の目を突つきだすと、それをくわえて下に向かって飛んだ。燐寸《マッチ》売りの少女のわきをさっと飛びながら、宝石を少女の手のなかに滑りこませた。「なんてきれいな硝子《ガラス》のかけら！」と少女は叫び、笑い声をあげながら家にむかって駆《か》けだした。

そうして燕は王子のもとに帰った。「あなたはもう目が見えません」燕はいった。「だからこれからはずっとおそばにいます」

「いいや、かわいい燕よ」哀れな王子は申された。「きみはエジプトに行くがよい」

「あなたのおそばにずっとおります」燕はそういうと、王子の足もとで眠りにおちた。

あくる日はひがな一日、燕は王子の肩にとまって、異国の地で見聞きしたさまざまな話をお聞かせした。ナイルの川岸にずらりと並んで立っている猩々朱鷺《しょうじょうとき》の話をし、それがくちばしで黄金の魚をとらえるさまを話し、そしてこの世界と同じくらい年を経て、砂漠に住み、あらゆることを知っているスフィンクスの話もお聞かせした。駱《らく》駝《だ》に寄りそい、その手に琥珀《こはく》の数珠《じゅず》をもってゆっくりと歩いていく商人たちのことも、黒檀《こくたん》のように黒く、巨大な水晶を礼拝している月の山の王のことも、椰子の木に眠る緑色の巨大な蛇のことやその蛇を蜂蜜菓子で養うための十二人の僧侶がいることも、大きなひらたい木の葉にのって広い湖をすいすいと走り、蝶々《ちょうちょう》たちといつも戦っている小人たちのことも。

「いとしい燕よ」と王子は申された。「きみは、不可思議なことをいろいろと話してくれたが、この世でなによりも不可思議なのは、男たち、女たちが被《こうむ》っている貧苦だろうね。貧苦ほど大きな謎はない。わたしの街の上を飛んでみてくれないか、いとしい燕よ、そしてそこで見たものをわたしに話してはくれまいか」

そこで燕は、この大きな街の上を飛びまわって、金持ちたちが美しい館で陽気に浮かれ騒いでいるのに、その門前には乞食たちがうずくまっているのを見た。暗い路地に飛びこんでいくと、飢えた子どもたちの白い顔が、暗い小路を物憂げに眺めているのが見えた。そして橋脚の下では、幼い男の子ふたりが、たがいに体を温めようと抱き合って横たわっている。「腹がへったよう！」とふたりはいっている。「ここに寝ちゃいかん」と夜番がどなり、ふたりは雨のなかへふらふらと出ていった。

そして燕は飛んで帰って、見たままを王子に語った。

「わたしの体は美しい金の箔でおおわれている」王子は申された。「それを一枚一枚剝《は》がして貧しい民びとにあたえておやり。生きているものたちは、黄金があれば幸せになれるといつも考えているものだよ」

黄金の箔を一枚一枚、燕はくちばしで剝がしていったので、幸福な王子は、どんよりとした灰色になってしまった。燕がそれを一枚ずつ、貧者のもとに運んでやると子どもたちの頰がどんどん薔薇色になり、笑い声をあげながら、道ばたで遊戯に興じた。

「パンがあるんだよう！」子どもたちは歓声をあげた。

それから雪が降って、降ったあとが凍りついた。街路は、銀でできているかのようにぎらぎらと輝いていた。長い氷柱《つらら》が、水晶の短剣さながら家々の軒先にぶらさがり、だれもが毛皮にくるまって街路を行き来し、男の子たちは、真紅の帽子をかぶって氷滑りをした。

哀れな燕は寒くて寒くてたまらなかったが、王子のもとを去ろうとはしなかった。燕は王子をたいそう慕《した》っていたのである。パン屋の主人が見ていないと、その店先でパンくずをついばみ、羽をばたばたさせては体が温まるようにした。

だがついに自分がもうじき死ぬことを、燕は悟った。もう一度王子さまの肩に飛びあがるだけの力はまだ残っていた。「さようなら、いとしい王子さま！」燕は小さな声でいった。「あなたの手に接吻《せっぷん》してもいいでしょうか？」

「よかった、いよいよエジプトに出立《しゅったつ》するんだね、いとしい燕よ」王子は申された。「きみはここに長くいすぎたようだね。だが接吻はわたしの唇にしておくれ、わたしはきみを愛しているのだもの」

「わたしの行く先はエジプトではありません」燕は答えた。「死の館にまいります。死は眠りの兄弟、そうですよね？」

そうして燕は幸福な王子の唇に接吻し、そのまま息絶えて王子の足もとにおちた。

その刹那《せつな》、王子の像の内側でまるでなにかが壊れたような奇妙な音がした。実をいえば、鉛の心臓がまっぷたつに割れたのである。たしかに凍《い》てつくような寒さではあったのだが。

翌朝早く、市長は議員たちを引きつれて像の下の広場を歩いていた。あの石柱のわきを通りすぎるとき、市長は像を仰いだ。「これはこれは！　幸福の王子のなんとみすぼらしいことか！」市長はいった。

「まったく、なんとみすぼらしいことか！」市長の意見にはいつも賛同する議員たちはそう叫ぶといっせいに像を振り仰いだのである。

「剣の柄の紅玉《ルビー》もとれているし、あの目もないぞ、それに全身をおおっていた黄金もない」と市長がいった。「これではまったく、乞食も同然ではないか！」

「乞食も同然」議員たちが声を合わせる。

「しかも足もとには鳥の死骸《しがい》があるではないか！」市長はつづけた。「鳥類は、ここで死ぬことはまかりならぬという布告を発せねばならないな」そして書記がこの提議を書きとめた。

そこでかれらは幸福の王子の像を引き下ろしたのである。「美しくなければ、もはや無用の長物である」美学の教授が大学でそう述べたという。

やがて像は溶鉱炉で溶かされ、市長は溶けた金属をどうすべきか決めるために、市議会を開いた。「むろん新たな像は作らねばならぬ」と市長はいった。「わたしの像がよかろう」

「わたしの像だ」議員たちが口々に言った。近々聞いた噂によれば、彼らはいまだ論争中ということである。

「不思議なことがあるもんだ！」鋳物《いもの》工場の工員の頭《かしら》がいった。「この割れた鉛の心臓は、溶鉱炉でも溶けないぞ。こんなものは捨てちまえ」そこでそれは、死んだ燕が捨てられた塵芥《じんかい》の山の上に投げ捨てられた。

「あの街でもっとも貴いものを二つもってまいれ」神は、天使に向かってそう仰せられた。そこで天使は鉛の心臓と鳥の亡骸《なきがら》を神にさしだした。

「そなたは正しい選択をした」神は仰せられた。「天のわが園で、この鳥に永遠に歌わせよう、そしてわが黄金の都では、幸福な王子に吾《われ》を永遠に賛美させよう」

小夜《さよな》啼き鳥《どり》と薔薇《ばら》

「あのひとがいったんだ、紅薔薇《べにばら》の花をもっていけば、ぼくと踊ってくれるって」若い学生が大声でいった。「だけど、うちの庭にはどこにも紅《あか》い薔薇はないんだ」常磐樫《ときわがし》の枝にかけた巣のなかで、小夜啼き鳥《さよなどり》はその声を聞いて不思議におもい、葉むらのあいだからのぞいてみた。

「うちの庭には紅い薔薇なんてないんだ!」と大声でいった学生の美しい目は涙でいっぱいだった。「ああ、こんなちっぽけなことに幸せがかかっているとはなあ! 賢者の記した書物は一冊残らず読んだのに、哲学の真義は究めたはずなのに、紅薔薇一本がないために、わが人生は惨《みじ》めなものに成り果てるのか」

「とうとう真《まこと》の恋に焦がれるひとを見つけたわ」と小夜啼き鳥はいった。「あたしは夜ごと恋するひとのことを歌ってきた、真の恋をするひとを知りもしないのに。夜ごとあたしは、そのひとの物語を星々にむかって語りつづけて、そしてとうとうあたしは見つけた。その髪は菫《すみれ》色のヒアシンスの花のように黒みがかっていて、その唇は、あのひとが求めている薔薇のように紅い。でも激情がその顔を青白い象牙《ぞうげ》色に変え、額には悲しみの印《しるし》がきざまれている」

「王子があすの夜、舞踏会をひらかれる」若い学生がつぶやく。「ぼくの愛しいひともそれに列席するだろう。一本《ひともと》の紅薔薇の花さえ捧げれば、夜明けまでぼくと踊ってくれるだろう。もし紅薔薇を一本捧げればぼくの腕にあのひとを抱き、あのひとはぼくの肩に頭をよせ、その手をぼくがそっと握りしめる。だがうちの庭に紅い薔薇はない。だからぼくはひとりぼっち、あのひとは目の前を通りすぎていくだろう。あのひとはぼくには目もくれず、ぼくの心臓は破れてしまうんだ」

「これはこれは、たしかに真《まこと》の恋するひとね」小夜啼き鳥はいった。「あたしが歌い上げていることが、かれを苦しめている。あたしにとっての悦びが、かれにとっては苦痛なのね。恋はほんとうに素晴らしいもの。緑玉《エメラルド》より貴く、見事な蛋白石《オパール》よりも値打ちのあるものよ。真珠《しんじゅ》でも柘榴《ざくろ》の実でも買えないし、そもそも市場に並べられるものではないの。商人の手から買うものでもないし、黄金と比べようもないものなの」

「楽師たちが演奏席にならぶだろう」若い学生がいう。「そしてかれらは弦楽器を奏でる。ぼくの恋人は、竪琴《ハープ》や提琴《ヴァイオリン》の音色にあわせて踊るんだ。それは軽やかに、足は床に触れぬかのように踊るだろう、そして華やかな衣裳を身にまとった廷臣《ていしん》どもがあのひとに群がるんだ。でもあのひとはぼくとは踊ってくれない、あのひとに捧げる薔薇の花がないために」若き学生は芝生に身を投げ、顔を両手に埋めて泣いた。

「あのひとはなぜ泣いているんだい？」緑色の小さな蜥蜴《とかげ》が尻尾《しっぽ》を空中にぴんとたてかれのそばを駆けぬけながら尋ねた。

「なぜかしら、ほんとに？」蝶《ちょう》が日光を追ってひらひら舞いながらいった。

「なぜだろう、ほんとうに？」雛菊《ひなぎく》が隣りに穏やかな低い声でささやいた。

「紅い薔薇がないから泣いているの」小夜啼き鳥がいった。

「紅い薔薇のためだと？」みんながいっせいに叫んだ。「なんとばかばかしい！」いささか冷笑家の小さな蜥蜴は、あからさまに笑った。

だが小夜啼き鳥には学生の悲しみの真意がよくわかっていたので、常盤樫《ときわがし》の枝にひっそりととまったまま、恋の神秘について考えていた。

そうしてふいに茶色の翼《つばさ》をひろげると、空中高く舞いあがった。木立のあいだを影のように飛んでいき、影のように庭をよぎっていった。

芝生のまんなかに、美しい薔薇の木が立っていた。小夜啼き鳥はそれを見ると、そこまで飛んでいき、その小枝に舞いおりた。

「紅い薔薇をくださいな」小夜啼き鳥は叫んだ。「わたしは精いっぱい美しい歌をうたいますから」

だが薔薇の木はかぶりを振った。

「わたしの花は白いのだよ」薔薇の木が答えた。「海の泡のように白く、山の雪よりも白いのだ。だが古い日時計の近くに立っているわたしの兄弟のところに行ってみたまえ。たぶんきみの望みのものをくれるだろう」

そこで小夜啼き鳥は古い日時計の近くに立っている薔薇の木のもとに飛んでいった。

「紅い薔薇をくださいな」小夜鳴き鳥は叫んだ。「わたしは精いっぱい美しい歌をうたいますから」

だが薔薇の木はかぶりを振った。

「わたしの花は黄色なんだよ」薔薇の木は答えた。「琥珀《こはく》の玉座《ぎょくざ》にすわっている人魚の髪の毛のように黄色いんだよ、草刈り人が大鎌をもってやってくる前の牧草地に咲く水仙よりも黄色いなあ。だがあの学生の部屋の窓の下に立っているわたしの兄弟のところに行ってごらん、たぶんきみが欲しいものをくれるはずだ」

そこで小夜啼き鳥は学生の部屋の窓の下に立っている薔薇の木のもとに飛んでいった。

「紅い薔薇をくださいな」小夜啼き鳥は叫んだ。「わたしは精いっぱい美しい歌をうたいますから」

だがその薔薇の木はかぶりを振った。

「わたしの花は紅い」薔薇の木は答えた。「鳩の足のように紅く、海の洞窟《どうくつ》で揺らめいている珊瑚《さんご》の大きな扇よりも紅い。だが冬がわたしの葉脈を冷やし、霜がわたしの蕾《つぼみ》を凍えさせ、嵐がわたしの枝を折ってしまったのでね、今年は花がひとつも咲かないのだよ」

「紅い薔薇の花が一輪、それだけでいいんです」小夜啼き鳥は叫んだ。「たった一輪の薔薇の花！　なんとかそれを手に入れる方法はありませんか？」

「方法はある」薔薇の木は答えた。「だがそれはあまりにも恐ろしい方法だから、きみに教える勇気がない」

「どうか教えてください」小夜啼き鳥はいった。「すこしも恐ろしいとはおもいません」

「もし紅い薔薇の花が欲しいなら」薔薇の木はいった。「きみは月光のもとで、歌の調べから花を創りだし、それをきみの心臓の血で染めなければならないのだよ。きみはわたしの棘《とげ》に胸を押しつけながら歌わなければならない。夜通し、わたしに歌をうたってくれなければならないのだよ、やがて棘がきみの心臓を突き破り、きみの生命の血がわたしの葉脈に流れこんで、その血がわたしの血になるまでね」

「たった一輪の薔薇の花のために支払う代価が死とは、たいそう高価なんですね」小夜啼き鳥は叫んだ。「命はだれにとっても貴いもの。緑の森にすわって、黄金の二輪馬車に乗っている太陽を見るのも楽しいし、月が真珠の二輪馬車に乗っているのを見るのも楽しい。山査子《さんざし》の香りはかぐわしいし、谷間にひっそりと咲く釣鐘草《つりがねそう》も、丘にそよぐヒースの香りもかぐわしい。でも恋は命よりも素晴らしいんです、ひとの心臓にくらべたら、小鳥の心臓なんてなんでしょう?」

そこで小夜啼き鳥は茶色の羽をひろげ、空中に舞いあがった。影のように庭の上を飛びこえ、影のように木立のあいだを飛んでいった。

若い学生は、芝生の上にまだ寝ころがっていた。美しい目にあふれた涙はまだ乾いてはいない。

「幸せにおなりなさいね」小夜啼き鳥は叫んだ。「幸せにおなりなさいね、紅い薔薇はおとどけしますから。月光のもとで歌の調べから薔薇の花を創りだし、わたしの心臓の血でそれを染めあげましょう。そのかわりあなたに求めるのは、あなたがきっと真の恋をするひとになってくれること。恋は、哲学よりいっそう思慮に富み、権力よりもいっそう力強い。恋の翼は炎の色、その体も炎のような色に染められています。その唇は蜜のように甘く、その息は乳香のようなんです」

学生は芝生から空を見上げて耳をすましたが、小夜啼き鳥が自分に語りかけていることは理解できなかった。かれはただ、書物に書かれていることしか知らなかったのである。

だが常磐樫《ときわがし》にはその意味がわかったので、悲しくなった。常磐樫は、自分の枝に巣をかけてくれた小夜啼き鳥が大好きだったのである。

「最後の歌をうたっておくれよ」常磐樫はささやいた。「きみがいなくなったら、きっと淋しくなるよ」

そこで小夜啼き鳥は常磐樫に向かってうたった。その声は銀の壺《つぼ》から泡だちながらこぼれおちる水のようだった。

小夜啼き鳥がうたいおわると、学生は立ちあがり、ノートと鉛筆をポケットからとりだした。

「あの小鳥は美しい姿をしている」かれはつぶやきながら、木立のあいだを歩いていった。――「それは否定はできない。だがあの鳥に感情があるだろうか？　ないだろうな。じっさいおおかたの芸術家と変わらない。恰好ばかりで、誠実さなどいっこうにもちあわせていない。他者のために己《おのれ》を犠牲にすることなどあるまい。ただ囀《さえず》ることしか考えていない。芸術が自己本位なものだということはだれしも知ってのとおりだ。とはいうものの、あの鳥の歌声にはなにがしかの美しい響きがあることは否めない。しかしそれになんの意味もないというのは、じっさいそれがなんの役にも立たないというのは、じつに嘆かわしい！」そういうと学生は自分の部屋に入っていき、粗末な小さい寝台にごろんと横になって、自分の恋のことを考えはじめた。しばらくするとかれは眠っていた。

天空に月が煌々《こうこう》と照りかがやくと、小夜啼き鳥は薔薇の木のもとに飛んでいき、その棘に胸を押しあてた。夜どおし、棘に胸を押しあてたままうたいつづけた。そして水晶のように冷ややかな月は身をのりだしてその歌を聴いた。夜どおし、小夜啼き鳥はうたいつづけ、棘はその胸に深く深く入っていき、その生命の源は次第に減っていった。

小夜啼き鳥はまず、少年や少女の胸のうちに芽生えた恋についてうたった。すると薔薇の木のてっぺんにある小枝に素晴らしい花があらわれて、歌の一節《ひとふし》ごとに、その花びらを一枚一枚開いていった。はじめは、川面をおおう霧のように――朝の裳裾《もすそ》のように青白く、暁《あかつき》の翼のように銀色だった。銀の鏡に映る薔薇の影のように、水たまりに映る薔薇の影のように、薔薇の木のてっぺんの小枝に、その薔薇は花ひらいた。だが薔薇の木は、もっと棘に胸を押しつけよと小夜啼き鳥にむかって叫んだ。「もっと強く押しつけるのだ、小夜啼き鳥よ」薔薇の木は叫ぶ。「この花が紅色にならないうちに夜が明けてしまうぞ」

だから小夜啼き鳥は、棘にいっそう強く胸を押しつけ、その歌声はいっそう高く高くなっていく、男と女の魂に芽生えた恋情をうたいつづけていたからである。

やがて薔薇の花弁にうっすらと紅がさした、まるで花嫁のくちびるに接吻した花婿の頬にさした紅のように。だが棘の先は小夜啼き鳥の心臓にまだ届いてはいない、だから薔薇の花芯はまだ白いまま、小夜啼き鳥の心臓の血だけが、薔薇の花芯を濃い紅色に染めることができるからだった。

薔薇の木は、きみの胸をもっと強く棘に押しつけよと叫んだ。「もっと強く押しつけなさい、かわいい小夜啼き鳥よ」薔薇の木は叫ぶ。「さもないと紅い薔薇ができあがる前に夜が明けてしまうぞ」

そこで小夜啼き鳥は棘に胸を強く強く押しつけ、ようやく棘がその心臓に触れると、凄《すさ》まじい痛みが小夜啼き鳥の全身をつらぬいた。痛みはいよいよ強く、うたっている歌はいよいよ狂おしさをました、なぜならその歌は死によって完璧《かんぺき》となる恋の歌、墓のなかでも死なない恋の歌だったからである。

そして不思議な薔薇の花は、東の空のような深紅色になった。花芯をとりまく花びらが深紅色になり、花芯も紅玉《ルビー》のような深紅色になった。

しかし小夜啼き鳥の声はしだいにかすかになり、小さな羽がぱたぱたと動き、その目にはうっすらと膜がかかった。うたう声はますますかぼそくなり、小夜啼き鳥は、なにかが喉につかえたような感じがした。

やがて小夜啼き鳥は最後の一声《ひとこえ》をふりしぼった。白い月がそれを聞き、暁《あかつき》を忘れ、空を去りかねていた。紅色の薔薇もその声を聞き、恍惚《こうこつ》として総身を震わせ、そしてひんやりとした朝の大気に向かって花びらを開いた。谺《こだま》が丘陵にある紫色の洞窟にその声を運び、眠っている羊飼いを目覚めさせた。その声は川に生える葦のあいだを漂い、葦はその伝言を海に運んだ。

「ごらん、ごらん！」薔薇の木は叫んだ。「とうとう花が開ききったよ」だが小夜啼き鳥は答えなかった、心臓にあの棘を突き刺したまま、丈高い草のあいだで息絶えていたのである。

午《ひる》になると学生は窓を開けて、外を眺めた。

「やあ、なんという素晴らしい幸運なんだ！」学生は叫んだ。「紅い薔薇の花じゃないか！　生まれてこのかたこんな薔薇の花は見たことがない。これほど美しい花には、きっと長いラテン名がついているにちがいない」かれは窓から身をのりだして、その花を摘んだ。

それから帽子を頭にのせると、その薔薇をもって恩師の家に走っていった。

恩師の令嬢《れいじょう》は、戸口においた糸車に青い絹糸を巻きつけているところだった。かわいがっている小犬が足もとに寝そべっている。

「紅い薔薇をおもちすれば、ぼくと踊ってくださるとおっしゃいましたね」学生は声をはりあげた。「これはこの世でいちばん紅い薔薇です。今夜これを心臓のそばに飾ってください、そうすればふたりで踊るあいだに、ぼくがどれほどあなたを愛しているか、その薔薇が伝えてくれます」

だが令嬢は眉をひそめた。

「それは、あたくしのお衣裳には合わないと思うわ」と令嬢は答えた。「それに、侍従の甥御《おいご》さまが、ほんものの宝石をくださったのよ。宝石が、薔薇の花なんかよりずっと高価なものだということは、だれでも知っていますわね」

「まったくあなたというひとは、なんと無情なひとなのだろう」学生は憤然《ふんぜん》として薔薇の花を路上に投げ捨てた。薔薇は轍《わだち》のなかにおち、荷馬車の車輪がその花を押しつぶした。

「無情ですって」令嬢はいった。「なんて失礼なひとなの。そもそもあなたがなんだというの？　たかが学生じゃないの。あなたの靴に銀の留め金がついているはずはないわよね、侍従の甥御さまのお靴にはちゃんとついているわ」そういうと令嬢は椅子《いす》から立ち上がり、家のなかに入ってしまった。

「恋なんて、じつにくだらん！」学生はその場を立ち去りながらいった。「論理学の半分も役に立ちゃしない、なにひとつ証明するわけじゃなし、起こりそうもないことをいつも語るだけ、真実ではないことをひとに信じこませるだけじゃないか。まったくなんの役にも立たないんだ、いまのご時世は、現実に役に立つということがなにより肝心というわけだから、ぼくは哲学にたちかえり、形而上学《けいじじょうがく》を学ぶことにしよう」

そしてかれは自分の部屋にもどると、埃《ほこり》まみれの大きな書物をとりだして読みはじめたのである。

身勝手な大男

毎日午後になると、学校帰りの子どもたちは大男の庭園に遊びにいった。

それは広々とした美しい庭園で、柔らかな緑の芝生が敷きつめられていた。芝生のあちらこちらに、美しい花がちりばめた星のように咲いていて、十二本もある桃の木は、春になれば薄紅色と真珠色の優雅な花をいっせいに咲かせ、秋になれば見事な果実をつけた。小鳥たちは木の枝に止まって、それは甘い歌声をひびかせるので、子どもたちはいつも遊びを中途《ちゅうと》でやめてはその声に聞き入った。「ここにいられるぼくたちって、なんて幸せなんだろう！」子どもたちは口々に叫んだ。

ある日のこと、大男が城に帰ってきた。友であるコーンウォールの人食い鬼のもとに七年間も滞在していたのである。七年がたってみると、語るべきことをすべて語りつくしていた。もともと話題が豊富というわけではなかったのだ。それで自分の城に帰ることにした。さて帰ってみると、なんと自分の庭で子どもたちが遊んでいるではないか。

「きさまたち、いったいここでなにをしておる」大男がどら声をはりあげると、子どもたちは一目散《いちもくさん》に逃げだした。

「おれさまの庭はおれさまのものだぞ」と大男はいった。「そんなことはだれにでもわかるはずだ。これからはこの庭で、おれさまのほかにはだれも遊んではならんぞ」

そこで大男は庭の周囲に高い塀を築いて、こんな立て札をたてたのである。

不法侵入者は
告訴されるべし

まことに身勝手な大男だった。

かわいそうに子どもたちはいまやどこにも遊ぶ場所がなかった。道で遊ぼうにも、土埃《つちぼこり》はあがるし、石ころがごろごろ転がっているし、とうてい遊ぶ気にはなれない。学校の授業がおわると、子どもたちはいつも高い塀のまわりをうろうろ歩きまわっては、塀の内の美しい庭のことを話しあった。「あそこで遊べたころは、なんて幸せだったんだろう！」子どもたちは口々にいった。

やがて春がきて、この地のいたるところにかわいい花が咲き、かわいい鳥たちがやってきた。ただ身勝手な大男の庭園だけはいまだに冬だった。子どもたちがいないので、鳥たちは庭でさえずろうとはせず、桃の木も花を咲かせることを忘れていた。一度だけ美しい花が芝生のあいだから顔をのぞかせてみたものの、あの立て札を見つけると子どもたちがかわいそうになり、ふたたび土の下にひっこんで眠ってしまった。よろこんだのは、雪と霜《しも》である。「春は、この庭のことを忘れてしまったのね」雪と霜は叫んだ。「それならわたしたちが一年じゅうここで暮らしましょうよ」雪は真っ白な重いマントで芝生をおおい、霜はあらゆる木々を銀色に塗った。いっしょにここで暮らそうよと北風も誘うと、北風はすぐさまやってきた。北風は毛皮にくるまり、一日じゅう庭でうなりをあげ、煙突《えんとつ》の通風管を吹きとばした。「こいつは愉快だぞ」と北風がいった。「霰《あられ》のやつらにもここに来るようにいってやらねば」それで霰がやってきた。毎日三時間も、霰は城の屋根をかたかたと叩きつづけ、とうとう薄い石板をほとんど割ってしまうと、すさまじい速さで庭じゅうを駆けまわった。霰は灰色の衣をまとい、吐く息は氷のようだった。

「いったいどうして春がやってこないのだろう」身勝手な大男はそういいながら、窓辺にすわって寒々とした白い庭を見わたした。「そのうちに天気も変わるだろう」

だが春も、そして夏もやってはこなかった。秋は、どこの庭にも黄金色の果実をくばったのに、大男の庭にはなにひとつ運んではこなかった。「あの男は身勝手すぎるのよ」と秋はいった。だから庭はいつまでも冬だった。そして北風と霰《あられ》と、そして霜《しも》と、そして雪が木々のあいだで踊り狂っていた。

ある朝のこと、大男が目をさまして寝台に横たわっていると、その耳に美しい音色が聞こえてきた。それはあまりにも甘美な音色だったので、きっと王様の楽師たちが近くを通っているにちがいないと思った。実をいえば、それは窓辺で胸赤鶸《むねあかひわ》が歌っていたのだが、自分の庭で小鳥が歌っているのを聞いたのはほんとうに久しぶりだったので、大男の耳には、それがこの世でもっとも美しい楽の調べのように聞こえたのである。やがて頭上で踊り狂っていた霰が、その踊りをやめ、北風はうなり声をとめた。かぐわしい香りが開いている窓からただよってくる。「春がようよう来たんだな」大男は寝台から飛びだして窓の外を見た。

大男はいったいなにを見たのであろうか？

まことにすばらしい光景を見たのである。塀にあいた小さな穴からもぐりこんだ子どもたちが、あちこちの木の枝に腰をかけていた。どの木にもかわいい子どもがすわっている。そして桃の木は、子どもたちが戻ってきたことがたいそううれしく、どの木も満開の花で全身をおおい、その枝を子どもたちの頭の上でやさしく振っていた。小鳥たちが飛びまわり、うれしそうにさえずっている。花たちは、芝生から顔をのぞかせて笑いさざめいている。それはうっとりするような美しい光景だったが、ただ庭の片すみだけは冬のままだった。それは庭園のいちばん遠いすみっこで、そこには小さな男の子が立っていた。とても小さいので木の枝にのぼることができず、はげしく泣きながら、木のまわりをうろうろしている。哀れな木は、まだ霜と雪におおわれたまま、その上を北風がうなりをあげて吹きまくっている。「のぼりなさい！　ぼうや」と桃の木はいい、その枝をできるだけ低くおろしてやるのだが、ぼうやはなにせとても小さかった。

それを見ていた大男の心が融けた。「おれはなんと身勝手だったのだろう！」大男はいった。「なぜここに春がやってこなかったのか、やっとわかったぞ。あのかわいそうなぼうやを木の枝にのせてやろう、それからあの石塀はたたきこわしてやる、おれの庭はいついつまでも子どもたちの遊び場だ」大男は、自分のしたことを心から悔いたのである。

そこで大男は忍び足で階下におりていき、正面の扉をそうっと開けて庭に出ていった。だが子どもたちは大男の姿を見ると、あわてふためいて、われさきに逃げだし、庭はまたもや冬になってしまった。小さなぼうやだけが逃げなかったのは、目が涙でいっぱいだったので、近づいてくる大男の姿が見えなかったのだ。大男はぼうやのうしろにそっとしのびより、ぼうやを片手でそっとつかむと、木の枝にのせてやった。するとその木はたちまち花を咲かせ、小鳥たちがやってきて木の枝でさえずった。ぼうやは両の腕をせいいっぱいひろげて、やにわに大男の首にしがみつき、その頰に口づけをした。そして逃げだした子どもたちも大男がもはや意地悪なやつではないと悟ると、また駆けもどってきた。子どもたちといっしょに春ももどってきた。「さあかわいい子どもたち、ここはもうおまえたちのものだよ」と大男はいい、巨大な斧《おの》をもってくると、あの石塀をたたきこわした。正午になって市場に買い出しに行く村のひとたちは、これまで見たこともないほど美しい庭園で、大男が子どもたちといっしょになって遊んでいる姿を見たのである。

ひねもす子どもたちは庭で遊び、夕方になると、大男にさよならの挨拶をしにいった。「あのかわいいぼうやはどこだい？」大男はいった。「おれが木の枝にのせてやったあの子は」大男はあのぼうやがいちばん好きだった、なにしろ自分に口づけをしてくれたのだから。

「知らないよ」子どもたちは口々にいった。「もう帰っちゃったんだよ」

「あの子に、あしたきっと来るようにいっておくれ」と大男はいった。だが子どもたちは、あの子がどこに住んでいるか知らないし、これまで見たこともない子だといった。大男はとても悲しくなった。

毎日午後になると、学校帰りの子どもたちがやってきて、大男と遊んだ。だが大男が愛してやまないあのかわいいぼうやは二度と姿をあらわさなかった。大男は、どの子にもとても親切だったが、それでもあのかわいい友だちにとても会いたくて、ぼうやのことをよく話した。「あの子に会いたいなあ！」大男はいつもそういうのだった。

歳月はめぐり、大男は年老いて体力も衰えた。もう子どもたちと遊ぶこともできなかったので、大きな安楽椅子《いす》にすわりこんで、子どもたちが遊びまわる姿を眺め、自分の美しい庭に見惚《みほ》れていた。「おれの庭に美しい花はどっさりあるが、子どもたちこそいちばん美しい花だなあ」と大男はいった。

ある冬の朝、大男は身支度をしながら窓の外を見た。いまはもう冬もいやではなかった、だって冬は、ただ春が眠っているということで、花もみんな休んでいるということなのだから。

ふいに大男は不思議そうに目をこすり、何度も目をみはった。それはなんとも不思議な光景だった。庭のいちばん遠くのすみのほうに、美しい真っ白な花でおおわれた木があったのだ。その枝は黄金で、銀色の実がついており、その下に、大男が愛してやまないあのぼうやが立っていたのである。

大男は大喜びで階下に駆けおり、庭にとびだした。大急ぎで芝生を横ぎり、その子のそばに近づいた。大男はすぐそばまでやってくると、顔を怒りで紅く染め、こういった。「だれがおまえをこのように傷つけたのか?」なぜなら子どもの両の手のひらに、それぞれ釘を打ちつけた痕《あと》があり、さらに二つの釘痕《くぎあと》が、その小さな両の足にもあったからである。

「だれがこのようなむごい仕打ちをした」大男はさけんだ。「教えてくれれば、おれが大刀でそいつを殺してやる」

「いいや！」その子は答えた。「これは愛の傷痕なのだよ」

「あなたはどなたですか？」大男は尋ねた。すると不思議な畏怖《いふ》の念がわいてきて、大男は小さな子どもの前に跪《ひざまず》いた。

子どもは大男に微笑みかけてこういった。「わたしはかつてそなたの庭で遊ばせてもらった、きょうは、そなたがわたしの庭にくるがよい、そこは天国なのだよ」

その午後、子どもたちが庭に走りこんでくると、あの木の下に、大男が真っ白な花におおわれて横たわり、息絶えていた。

忠実な友

ある朝のことである、老いた水鼠《みずねずみ》がねぐらの穴から頭を出した。きらきら光るビーズのような目をして、ぴんとした灰色の髭があり、尻尾《しっぽ》はたいそう長い黒い護謨《ゴム》のようだった。小さな家鴨《あひる》たちが池の面《おもて》を泳いでいたが、まるで黄色いカナリアがぞろぞろいるように見えた。脚は真紅で体は真っ白な母親が、水中でどのように逆立《さかだ》ちすればよいか、雛《ひな》たちに教えこんでいる最中だった。

「逆立ちができないと、上流社会のお仲間入りは決してできませんからね」母親はしじゅうそういいつづけ、折りあるごとに、逆立ちのお手本を子どもたちに見せてやるのだった。だが小さな家鴨たちは見むきもしない。たいそう幼かったので、そもそも上流社会に入ればどんな得があるのか知らなかったのである。

「なんて強情な子どもたちなんだ！」老いた水鼠がどなった。「あんなやつらは溺れるがいいんだ」

「そういうことをいってはいけませんね」家鴨がいった。「だれにも始まりというものがあるんです、親には、辛抱しすぎるということはないんですわ」

「へっ！　親の気持ちなんぞ、おれにはからっきしわからないがね」水鼠はいった。「家族がいるわけじゃなし。じつをいうと結婚はしたことがないし、するつもりもないね。愛というのも、それなりにごたいそうなものだがね、友情のほうがもっと上等なんだよ。まったく忠実な友情ほど高尚なものは、この世にはめったにないのさ」

「じゃあ、うかがいますけど、忠実な友に課せられる義務とはなんだとお考えです？」と緑色の胸赤鶸《むねあかひわ》が訊《き》いた。すぐそばの柳の木にとまっていたので、このやりとりを聞いてしまったのである。

「そう、わたしもそれが知りたいのよ」と家鴨はいうなり、池の端のほうにすいすい泳いでいき、子どもたちによいお手本をと、そこで逆立ちをしてみせた。

「なんたる愚問だ！」水鼠は大声でいった。「おれさまの忠実なる友なら、おれさまに忠実にきまっているじゃないか」

「それであなたはそのお返しになにをするんです？」胸赤鶸は、銀色の小枝の上でぴょんぴょん跳んで小さな羽をぱたぱたいわせながら、そう尋ねた。

「おまえのいうことはさっぱりわからん」水鼠は答えた。

「じゃあ、この問題にかかわりのあるお話をぼくがしてあげますよ」胸赤鶸はいった。

「おれにかかわりのある話なのか?」水鼠が訊いた。「それなら聞いてやろう、おれはお話が大好きでね」

「あなたにあてはまるお話ですよ」胸赤鶸は答えた。そして土手の上に舞いおりてくると、『忠実な友』の話を語りはじめた。

「むかしむかし、ハンスというちびで正直な男がいました」

「そいつは図抜けたやつだったのかい?」水鼠が訊いた。

「いいえ」胸赤鶸は答えた。「図抜けてたとは思いませんねえ、ただ心根の優しいひとでね、ひょうきんで珍妙な丸顔でしたけど。小さな家にひとりで住まい、まいにち庭仕事に精を出していたんです。あのあたりで、ハンスの庭ほど美しい庭はありませんでしたね。あそこには美女撫子《びじょなでしこ》が育っていたし、撫子や、なずなや、松雪草も咲いていた。ダマスクローズや黄色い薔薇《ばら》や、ライラックや花サフラン、金色や紫色の菫《すみれ》、そして白菫もね。苧環《おだまき》や花種漬花《はなたねつけばな》、マージョラム、ワイルドバジル、黄花九輪《きばなのくりん》桜《ざくら》、アイリス、水仙、カーネーションなんかが、月を追うごとにつぎつぎと花を咲かせたので、あの庭ではいつも美しい花が眺められたし、よい香りがたのしめたんですよ。

ちびのハンスには友だちがおおぜいいましてね、なかでもいちばん忠実な友は粉屋のでかいヒューでした。たしかに、この金持ちの粉屋は、ちびのハンスにたいそう忠実で、ハンスの庭の前を決して素通りはしない、いつも塀から身をのりだしては甘い香りのする花をごっそりつんでいく、香草はひとつかみもらう、果実の季節には李《すもも》や桜桃《さくらんぼ》をポケットにいっぱい詰めこんでいくんですよ。

『まことの友は、すべてを共有するものだ』というのが粉屋の持論でしてね。ちびのハンスはにっこり笑ってうなずいて、こんな立派な考えをもつ友を誇りにおもっていたんですね。

たしかに、近隣のひとたちはときどき、なんとも奇妙な話だなあとはおもっていましたがね、だって金持ちの粉屋は、ちびのハンスになにひとつお返しはしませんでしたもの、小麦粉が百袋も水車場に積み上げてあるし、乳牛は六頭もいるし、むくむくと毛でおおわれた羊の大きな群れもいたのにねえ。でもハンスの頭にはそんなことはいっさいうかばない。ハンスがなによりも愉しみにしていたのは、真の友情とは無私無欲であるという粉屋の素晴らしい話に耳をかたむけることだったんですよ。

だからちびのハンスは自分の庭でせっせと仕事に精をだしていたんです。春も夏も、そして秋のあいだも、ハンスはそれは幸せでしたが、冬になると市場にもっていく果実も花もないから、寒さと飢えにたいそう苦しんで、ときには夕食もとらずに、ただ乾燥した梨と硬い木の実をちょっぴり食べるだけで寝床に入らねばならなかった。それに冬のあいだはほんとうにひとりぼっち、粉屋も決して会いにはきませんでしたからねえ。

『雪があるあいだはハンスに会いにいったってしょうがないのさ』粉屋はいつもおかみさんにそういっていたんです。『ひとが困っているときには、ほうっておくにかぎる、訪ねていって迷惑をかけちゃならん。友情というものはそういうものじゃないかね。わたしのこの考えは正しいとも。だから春が来るまでは辛抱して、春がきたら、やつを訪ねる、そうすれば、やつは桜草《さくらそう》を籠《かご》いっぱいわたしにくれるだろうから、それでやつも幸せになれるというわけさ』

『あんたって、ほんとうに思いやりのあるひとだわねえ』大きな松材を燃やしている暖炉のかたわらの、すわりごこちのいい安楽椅子に腰かけたおかみさんが応じましたね。『ほんとに思いやりがあるのねえ。あんたが友情について話しているのを聞いていると心が温まるわ。牧師さまだって、こんな素晴らしいことはおっしゃらない、三階建ての館に住んでおられて、小指には金の指輪をはめていなさるけどねえ』

『ハンスをうちによんでやればいいじゃないか？』ここで粉屋の末息子が口をはさんだ。『もし貧乏なハンスが困っているなら、ぼくのおかゆを半分やるし、ぼくの白うさぎを見せてやるのに』

『この愚かものめが！』粉屋は怒鳴りました。『学校に通わせてもなんの役にも立たんのだな。なにひとつ学んではいないようだ。いいかい、あのちびのハンスがここにやってきてだな、この家のあたたかそうな暖炉の火だの、うまそうな夕食だの、赤葡《あかぶ》萄酒《どうしゅ》の大樽なんかを見たらどうおもうかね、きっと羨ましいとおもうだろうが。羨望というものはたいそういじましいものでね、人間の性質を歪めてしまうものなのさ。わたしは、ハンスの性質を歪めるような真似はしない。なにしろあいつの親友だから、いつもあいつを見守っているし、そしてどんな誘惑にもひっかからないように心を配ってやるのさ。それにだ、もしハンスがここにやってくれば、小麦粉をかけ売りで分けてくださいなんていいだすかもしれないが、そりゃむりというもんだ。小麦粉は小麦粉、友情は友情で、別ものなのさ。それをごっちゃにしちゃあいかん。それぞれの言葉は綴《つづ》りもちがうし、意味はまったくちがうんだからね。だれにだってわかることだ』

『まあなんてお上手なことをいうのかしら』粉屋のおかみさんはそういって、温めたビールを大きなグラスに注ぎましてね。『なんだか眠くなってきたわ。まるで教会にいるようねえ』

『立派な行《おこ》ないをする人間はおおぜいいるがね』と粉屋は応じた。『だが話のうまい人間はそうはいない。つまりだ、話すということは、行なうということよりずっと難しい、はるかにすごいことなんだ』そういうと粉屋はテーブルの向かいにすわっている小さな息子をきっと睨《にら》みつけましたから、息子はたいそう恥じ入り、顔を真っ赤にしてうなだれて、お茶のなかに涙をこぼしたんですよ。しかしなにしろまだ幼い子どもですから、勘弁してやりませんとねえ」

「話はそれでおしまいか？」水鼠が訊いた。

「まさか」胸赤鶸は答えた。「まだ始まったばかりですよ」

「するとおまえさんはこのご時世にたいそうおくれているな」水鼠はいった。「昨今の優秀な語り部《べ》は、まず結末からはじめて、それから発端にさかのぼっていってな、まんなかあたりでしめくくると。これが新しい話術というもんだ。おれはこのあいだ若者といっしょに池のまわりを歩いていたある批評家からこのことを聞いたのさ。やつはこの話をえんえんとしていたが、いうことは正しいにちがいないな、なにしろ青い眼鏡をかけて禿げ頭ときてる。若者が、なにか言葉をはさもうものなら、いつも『ふん!』というのさ。まあ、どうか話をつづけてくれ、おれは、その粉屋がおおいに気に入った。おれさまにもなんとも麗《うるわ》しい心情がそっくりそなわっておるからな、おれとその粉屋のあいだには、おおいなる共感があるというわけだ」

「さて」と胸赤鶸は、片足ずつぴょんぴょんと跳びながらいった。「冬が去り、桜草《さくらそう》が淡い黄色の星のような花を咲かせると、粉屋はさっそく、ちびのハンスのところにいってやろうとおかみさんにいいましてね。

『おやまあ、なんておやさしいんでしょう!』おかみさんは大声でいいました。『いつも他人のことを考えていなさるんだもの。それからいいこと、お花を入れる大きな籠は必ずもっておいきなさいよ』

そこで粉屋は水車の翼板を頑丈な鉄鎖でしっかりとしばりつけると、籠を腕にかけて、丘を下っていったんですよ。

『おはよう、ハンス』粉屋は声をかけました。

『おはよう』と答えたハンスは、鋤《すき》によりかかって満面の笑みをうかべましてね。

『冬のあいだ、調子はどうだったね?』粉屋が訊きました。

『やれやれですよ』ハンスは大声でいいました。『尋ねてくだすってありがとう、ほんとにありがとう。まあ、辛いおもいはしたんですがね、ようよう春がやってきましたから、そりゃ幸せですよ、うちの花もよく咲いてますしね』

『冬のあいだ、うちでもよくおまえさんの噂をしてたんだよ、ハンス』粉屋はいいました。『いったいどうしているかなあってね』

『それはご親切に』とハンスはいいましたよ。『おれのことなんか忘れちまったんじゃないかと案じてました』

『ハンスよ、そいつは心外だねえ』粉屋はいいました。『友情は決して忘れない。そこが友情の素晴らしいところなんだがね、おまえさんは、人生の機微というものがわかっておらんな。ところで、ここの桜草はなんと美しいんだろう!』

『まったく美しいのなんのって』ハンスはいいました。『こんなにたくさん咲いてくれて、ほんとに幸運でしたよ。こいつを市場にもっていって、市長のお嬢さんに売ってね、その金で手押し車を買いもどそうとおもっているんで』

『手押し車を買いもどすだと？　まさかあれを売ったんじゃあるまいね？　なんて馬鹿なまねをしたもんだ！』

『まあ、実をいうと』ハンスはいいました。『売らねばならなかったんですよ。なにしろ冬というのは、おれにとってはそりゃ辛い季節なんで、パンを買う金もなかったもんだから。まずよそゆきの外套《がいとう》の銀釦《ぎんボタン》をとって売り、それから銀のくさりを売り、それから大きなパイプも売って、最後にとうとう手押し車も売っちまったんですよ。でもこれでもうぜんぶ買いもどせますよ』

『ハンスよ』粉屋はいいました。『それならわたしの手押し車をやろうじゃないか。手入れは万全とはいかんがね、なにしろ片側がとれちまってるし、車輪の輻《や》はちょっと具合が悪いがな、まああいつをおまえさんにやろうじゃないか。なんとまあこのわたしの気前のいいことか、手押し車を手ばなすなんてなんと愚かなことよと大方の人間がおもうだろうが、わたしは世間のやつらとはちがうのさ。こういう度量の広さが友情の真髄《しんずい》というものでね、それにわたしのところには、もう新しい手押し車があるしな。うん、安心しなさい、わたしの手押し車を進呈するから』

『まああ、なんと気前のよいお方だ』ちびのハンスはいうと、あの丸いおかしな顔がうれしそうにぱっと輝いたんですよ。『そんなものは簡単に直せますからね、うちには厚板があるし』

『厚板だと！』粉屋がいいました。『そいつはいい、ちょうどうちの納屋の屋根にほしいとおもっていたんだよ。屋根にでかい穴があいちまってさ。その穴をふさがないと、小麦がみんな濡れちまうんだよ。おまえさんからいいだしてくれたなんて、幸いというものだな！　ひとつの善行はかならず別の善行を生む、なんとも驚くべきことだ。わたしは手押し車をおまえさんに進呈した、するとおまえさんがわたしに厚板をくれるってわけだ。むろん手押し車は、厚板なんかよりよっぽど高価なものだが、真の友情というものは、そんなことにはこだわらないのさ。どうかそいつをすぐにもってきておくれ、きょうからさっそく納屋の修繕にとりかかろう』

『合点《がってん》だ』ちびのハンスは大声でいい、納屋に駆けこむと、厚板を引きずりだしてきた。

『たいして大きな板じゃないな』粉屋はそれを見て、そういいましてね。『うちの納屋の屋根を修繕しちまったら、あの手押し車を修繕するほどのものは残らないかもしれないな。だけどもちろん、そいつはわたしのせいじゃない。さてと、わたしの手押し車をおまえさんに進呈したんだから、お返しに花でもあげようかという気になるわな。この籠に、花をどっさり詰めこんでおくれよ』

『どっさり？』ちびのハンスは、なんだか悲しそうにいいました。だってその籠ときたらそりゃ大きいもので、そいつにいっぱい詰めこむとなったら、市場にもっていく花はひとつも残らないとわかっていましたから。ハンスは花を売って、あの銀釦をぜひとも買いもどしたいとおもっていたのにね。

『そうともさ』粉屋は答えました。『わたしはおまえさんに手押し車を進呈したんだ、花を少しばかりほしいといったって、ほしがりすぎということはなかろう。わたしの考えは誤っているかもしれないが、友情というものは、真の友情というものはな、いかなる利己心ももたぬものだと、わたしはつねづね考えておるんだよ』

『大事な友よ、わが親友よ』ちびのハンスは声をはりあげた。『どうぞ、おれの庭の花はぜんぶもっていってください。おれの銀釦なんかより、あなたの立派なご意見のほうがよっぽど大事ですから』ハンスはそういうと花壇に近づいて、美しい桜草をすっかりつんで、粉屋の籠をいっぱいにしたんですよ。

『じゃあな、ハンス』粉屋はそういうと、厚板を肩にかつぎ、大きな籠を片手に下げて、丘をのぼっていきました。

『さよなら』とちびのハンスはいうと、楽しそうに土を掘りかえしはじめた、手押し車のことを考えるとうれしくてたまらなかったんですよ。

翌日、忍冬《すいかずら》の蔓《つる》をからませるためにポーチに釘を打ちつけていると、自分を呼んでいる粉屋の声が道のほうから聞こえてきた。ハンスは梯子《はしご》から跳びおりると、庭を走りぬけ、塀の向こうを見たんです。

大きな粉袋を背負った粉屋の姿が見えました。

『やあ、ハンスよ』粉屋はいいました。『この粉袋をわたしのかわりに市場まで運んではくれまいか？』

『ああ、申しわけありませんが』とハンスはいったんです。『きょうはたいそう忙しくてね。この蔓をすっかりポーチにからませなくちゃならないし、花にもみんな水をやらなくちゃならないし、芝生もローラーでならさなくちゃなりません』

『いや、まったく』と粉屋はいいました。『わたしの手押し車をやろうというのにな、わたしの頼みを断るとはまったく薄情なもんだ』

『ああ、めっそうもない』ちびのハンスは大声をあげた。『おれはぜったい薄情な人間じゃありませんから』ハンスは家のなかに駆けこんで帽子をとってくると、大きな粉袋を肩にかついでよたよたと歩きはじめたんです。

それは暑い日で、道は土ぼこりが舞いあがるし、六マイルの標石のところにたどりつかぬうちに、ハンスはくたくたに疲れて、腰をおろしてひと休みしなければならなかった。それでも勇気をふるいおこして歩きつづけ、とうとう市場に着きました。そこで頃合いを見はからって、袋の小麦粉を高値で売ると、すぐさま引き返したんです。だって、ぐずぐずしていると、帰り道でおいはぎに出くわすかもしれませんからね。

『なんともご苦労な一日だったな』ハンスはひとりごとをいいながら寝床にもぐりこみました。『けど、粉屋の主人の頼みを断らないでよかったよ、なにしろあのひとはおれの親友だし、そのうえ手押し車をくれるというんだからな』

あくる朝早く、粉屋が粉の代金を受け取りにやってきましたが、ちびのハンスはとても疲れていたので、まだ寝床のなかだったんです。

『これはこれは』と粉屋はいいました。『なんという怠けものなんだ。まったく、わたしの手押し車をやろうというんだから、せっせと働くのが筋だろうが。怠惰は大きな罪だぞ。わたしの友なら、だれであろうと、ぐうたら怠けてもらいたくはないな。わたしがはっきりものをいうのを気にしちゃいかん。わたしがおまえさんの友だちでなかったら、こんなことはぜったいいうものか。しかしだな、いいたいこともはっきりいえないようなら、友情なんて無意味じゃないかね？　だれだって耳に快いことをいって相手をよろこばせたり、お世辞をいったりすることはできるがね、真の友というものは、ずけずけと不愉快なことをいって、相手に苦痛をあたえようが気にしないものだ。いやいや、ほんとうに真の友ならば、すすんでそうするだろうよ、だって自分はよいことをしているとわかっているんだから』

『まことにあいすまないことで』ちびのハンスはそういって、目をこすりながら、寝帽子を脱ぎました。『でもね、とっても疲れていたもんだから、ほんのしばらく横になったまま小鳥の声を聞きたいとおもったんですよ。小鳥の鳴き声を聞いたあとは、いつでもせっせと働きたくなるもんだから』

『ほう、そりゃけっこう』粉屋はハンスの背中をぽんとたたきました。『身支度ができしだい粉ひき場まで来ておくれ、そうしてうちの納屋の屋根をわたしのかわりに修繕してもらいたい』

かわいそうなハンスは、自分の庭の手入れをぜひともしたかった。だって庭の花にもう二日も水をやってないんですからね。でも粉屋のたのみを断りたくはなかった、だってハンスは粉屋の親友でしたから。

『もしおれが忙しいといったら、友だちがいのないやつだとおもいますか?』ハンスはおどおどと尋ねました。

『うん、そうだねえ』粉屋は答えましたよ。『なにもむりなことをたのんでいるとはおもわないがねえ、なにしろおまえさんにわたしの手押し車を進呈しようというんだから。だが断るというなら、わたしが自分でやるまでだ』

『ああ! とんでもないこった』ちびのハンスはベッドからはねおきると、身支度をして納屋まで走っていったんです。

ハンスは日暮れまで一日じゅうそこで働き、日が沈むと粉屋ができぐあいを見にやってきた。

『屋根の穴をすっかりふさいでくれたんだね、ハンス?』粉屋は浮かれた声でいいました。

『すっかりふさぎましたとも』ハンスはそういいながら、梯子《はしご》をおりてきました。

『やあ！』と粉屋はいいました。『ひとのためにやる仕事ほどすばらしいものはないなあ』

『そんなお言葉をいただけるとはたいそう光栄なことですよ』ちびのハンスは腰をおろして額の汗を拭いました。『たいそう光栄なことだ。だけどおれには、あなたみたいに、そんな素晴らしい考えはおもいつけませんよ』

『ああ！　おまえさんだって、いずれはおもいつくとも』粉屋はいいました。『だがもっと苦労をしないとな。いまのところ、おまえさんは友情というものを実践しているにすぎん。いずれそのうちに、おまえさんにも、ものの道理がわかるだろうよ』

『ほんとにそうおもいますか？』ちびのハンスは訊きました。

『そいつは疑いなしさ』粉屋は答えましたね。『だがさしあたりは、屋根もなおしたことだし、家に帰って休むがいいよ、あしたはうちの羊を山まで追いあげてもらいたいからね』

かわいそうなハンスは、この言葉にどうしても逆らえなかった。そして翌朝はやく、粉屋が羊の群れを連れてハンスの家にやってきたので、ハンスはその羊の群れを追って山へむかったんです。山まで行って戻ってくるのにまる一日かかりましたよ。家に戻ると、もうくたくたに疲れていたので、椅子にすわりこむとすぐに眠りこんでしまい、目がさめたときは、もう日が高々とのぼっていたんです。

『こいつは庭仕事がたのしめるぞ!』ハンスはそういうと、すぐさま庭に出ていきました。

ところがハンスは、花の世話をするどころではなかったんですよ。だって親友の粉屋が、しじゅうやってきては、遠いところの使いをたのむし、あげくに製粉場の手伝いまでたのむ始末でしたからね。ハンスは、庭の花たちが自分に忘れられているともいはしないかと、とても心配だったのですが、粉屋は大事な親友なんだと思い返しては自分を慰めていたんですよ。『なにしろ』とハンスは口ぐせのようにいってましたよ。『手押し車をくれるというんだからな、こいつはたいそう寛大なおぼしめしだよ』

そんなわけでちびのハンスは粉屋のためにせっせとはたらき、粉屋は友情についてあらゆる種類の美辞麗句をならべたて、ハンスはそれを手帳に書きとめ、夜になるといつもそれを読みかえしていた。だってハンスはたいそうな勉強家でしたからね。

さて、ある晩のことでした。ちびのハンスが暖炉のそばにすわっていると、戸口でどんどんという音が聞こえました。その夜は、たいそう荒れた天気で、風が家のまわりをびゅうびゅうと吹きまくっていたので、はじめは、嵐のしわざだとハンスはおもった。でもまたもやどんどんという音がし、さらに三度めの音が聞こえてきた、それはいままでのうちでいちばん大きな音だったんです。

『気の毒な旅人なんだな』ちびのハンスはそう考えて、戸口に駆けよりました。そこにいたのは粉屋で、片手にカンテラを、もういっぽうの手には大きな杖をもって立っていたんですよ。

『ちびのハンスよ』粉屋は声をはりあげました。『たいへんなことになってね。うちの伜《せがれ》が梯子からおちて大怪我をした、だから医者を呼びに行こうとおもうんだが。医者の家はとても遠いし、こんな荒れた天気だし、そこでおもいついたんだが、わたしのかわりにおまえさんに医者を呼びにいってもらったほうがいいんじゃないかとね。なにしろわたしはおまえさんに手押し車を進呈するつもりなんだから、そのお返しにひとはたらきしてくれてもいいんじゃないかね』

『ごもっとも』ちびのハンスは大声でいった。『おれのところにまっさきにきてくれたなんて、光栄のいたりですよ。さっそく行きましょう。でもそのカンテラを貸してもらわないと、なにしろ真っ暗だし、溝におちるといけませんからね』

『そりゃ困った』粉屋は答えた。『なにしろ新しいカンテラでね、こいつになにかあっては、たいへんな損になるからねえ』

『いや、ご心配なく、そいつがなくてもなんとかやれますよ』ちびのハンスは大声でいい、分厚い毛皮の外套《がいとう》を着こむと、あったかい真紅の帽子をかぶり、首のまわりに衿まきを巻きつけて出発したんですね。

そりゃすさまじい嵐だった。あたりは真っ暗闇でハンスにはほとんどなにも見えなかった。風は強く、ほとんど立っていられないくらいでした。だがハンスはとても勇敢だった。三時間も歩いて、とうとう医者の家にたどりつき、扉をたたいたんです。

『そこにいるのはだれだ？』医者が寝室の窓から頭を突き出しました。

『ちびのハンスですよ、先生』

『いったいなんの用だね？』ちびのハンス』

『粉屋の息子さんが梯子からおっこちて大怪我をしたので、先生にすぐおいでねがいたいということで』

『ようし、わかった！』医者は、馬と大きな長靴とカンテラを用意させると、階下におりてきて、すぐさま粉屋の家に向かって馬を走らせた。ちびのハンスはそのあとから懸命についていきました。

だが嵐はいよいよ荒れ狂い、土砂降りの雨が容赦なくたたきつけ、ちびのハンスは自分がどこを歩いているのかわからなくなり、馬についていくことさえできなかった。とうとう道に迷い、沼地に足を踏みいれてしまったんです。そこは深い穴があちこちにあいているとても危険な場所で、ちびのハンスはとうとうそこで溺《おぼ》れて死んでしまったんですよ。ハンスの遺体が大きな水たまりに浮いているのを、あくる日山羊《やぎ》の番人たちが発見して、それを家まで運びました。

ちびのハンスの葬式にはみんなが参列しました、なにしろ人気者でしたから。粉屋が喪主をつとめました。

『わたしはやつの親友だった』粉屋がいいました。『だからわたしが上席に着くのは正しい』そこで粉屋は、長い黒の外套を着て葬列の先頭にたち、ときおり大きなハンカチで目を拭いました。

『ちびのハンスを失ったのは、だれにとっても大きな損失だな』葬式がおわると、鍛冶屋がそういいました。みんな酒場でゆっくりとくつろいで、スパイス入りの葡萄酒を飲み、甘いケーキを食べているところでした。

『とにかくわたしにとっては大きな損失だよ』粉屋が答えた。『だってわたしは、手押し車を進呈しようといったんだからね。こうなってはあの手押し車の始末に困るよ。うちじゃまったく邪魔なしろものでね。それに修理もろくにしてないしな、売ったところでいくらにもならんし。とにかく、ひとにものをやるなんて考えものだな。気前がいいと、まったくひどい目に遭うものだねえ』粉屋はそういいましたとさ」

「それで?」水鼠《みずねずみ》が、長い間をおいていった。

「それで、この話はおしまい」胸赤鶸《むねあかひわ》はいった。

「だけど、その粉屋はどうなったんだい?」水鼠が尋ねた。

「ああ! そんなこと知るもんですか」胸赤鶸は答えた。「それにそんなことはどうでもいいじゃありませんか」

「するとおまえには、同情心というものがないんだな」水鼠がいった。

「どうやらこの物語の寓意というものが、あなたにはおわかりにならないようですね」胸赤鶸がいった。

「物語のなんだって？」水鼠がかなきり声を上げた。

「寓意ですよ」

「この物語に寓意があるというのかね？」

「ありますとも」

「いや、まったく」水鼠は憤慨したようにいった。「話をはじめる前に、そういうべきではないかね。いってくれてりゃあ、そんな話は聞くもんか。つまりだな、あの批評家みたいに、『ふん！』といってやったのにな。だけどいまだってそういえるな」そこで水鼠は、せいいっぱい大声で、「ふん！」というと、尻尾《しっぽ》をぱたんとひとふりして、穴のなかにひっこんだ。

「あなたは、あの水鼠をどうおもいかしら？」やややあってすいすいと泳いできた家鴨《あひる》が尋ねた。「そりゃ、いいところもたくさんあるけれど、わたしは母親の気持ちで考えるし、あの頑固な独りものを見ていると、涙がわいてきてしまうのよ」

「どうやらぼくは、あのひとを悩ませたようですね」胸赤鶸は答えた。「じっさいぼくは、教訓的な話を聞かせてやりましたからねえ」

「まっ！　それはとても危険なことだわねえ」と家鴨はいった。
そしてわたしもその意見にはまったく賛成なのである。

非凡なる打ち上げ花火

王子の婚儀がととのい、しもじもまでお祝い気分にわいていた。王子は、一年ものあいだ花嫁を待っておられたが、とうとうご到着あそばしたのである。花嫁はロシアの王女で、フィンランドからはるばる六頭の馴鹿《トナカイ》のひく橇《そり》に乗ってこられた。橇は黄金の大きな白鳥の形をしており、白鳥の翼のあいだに愛らしい王女がすわっておられた。白貂《しろてん》の長いマントは王女のおみ足までとどき、王女のお頭《つむり》には銀糸の薄物で作られた小さな帽子がのっていた。そのお顔は、これまでのお住まいであった雪の宮殿さながら、白く透きとおっていた。道を走っていく王女のお顔があまりにも白いので、沿道のひとびとは感嘆した。「まるで白薔薇《ばら》のようだ！」とひとびとは叫び、バルコニーからたくさんの花を王女に向かって投げたのである。

城門の前には、王子がお迎えに出ておられた。王子の目は夢みるような菫《すみれ》色で、その髪は、輝くばかりの金色だった。王子は片膝をついて王女を迎え、その手に接吻なされた。

「あなたの絵姿は美しかった」王子は小声で仰せられた。「でもいまのあなたは、絵姿より美しい」すると王女のお顔が赤く染まった。

「さっきは白薔薇のようだったのに」若い従者がとなりの者にささやいた。「いまは紅薔薇のようだ」宮廷のひとびとはこぞって喜んだのである。

それから三日というものは、みなが口々にいいつづけた。「白薔薇、紅薔薇、紅薔薇、白薔薇」王さまは、この従者の俸禄《ほうろく》を倍にせよと仰せられた。そもそも従者は俸禄というものは頂戴してはおらぬので、倍になろうとなんの得もなかったのだが、これはたいそうな名誉と考えられ、とうぜん官報に公表されたのである。

三日を経て婚儀がとりおこなわれた。それは荘厳な儀式で、花婿と花嫁は、手に手をとりあい、小さな真珠の縫いとりのある紫色の天鵞絨《ビロード》の天蓋の下を歩まれた。豪華な祝宴が開かれ、宴《うたげ》は五時間もつづいた。王子と王女は、大広間の最上席にすわられ、透明な水晶の杯から御酒《ごしゅ》を飲まれた。真《まこと》の恋人たちだけが、この杯から飲めるのである。なぜなら偽りの唇がこの杯に触れれば、杯はたちまち灰色に曇ってしまうのだ。

「おふたりが愛し合っておられるのは明白」若い従者はいった。「水晶のように澄明！」すると王さまはこの従者の俸禄をまたも倍にせよと仰せられた。

「なんたる名誉」廷臣《ていしん》たちは叫んだ。

宴会のあとは大舞踏会である。花婿と花嫁は、薔薇の踊りを舞われることになっており、王さまはフルートを吹かれることになっていた。王さまのフルートはたいそう拙《つたな》いものであったが、そのようなことをあえて言上するものはだれもいなかった。なにしろ相手は王であられる。たしかに、王さまの知る曲は二曲しかないのだが、どちらの曲を吹いたかは、王さまご自身にもよくおわかりにならない。だがそのようなことはどうでもよいのである。なぜなら王さまがどの曲を吹かれようと、だれしもこぞって、「うっとりしますなあ、うっとりしますなあ」と声をはりあげたからである。

この日の行事の最後の呼びものは、真夜中きっかりに行なわれる盛大な花火の打ち上げであった。王女は生まれてこのかた、花火というものをごらんになったことがなかった。そこで王さまは、王室御抱えの花火師を、王女の婚礼の日にお召しになったのである。

「花火とは、どのようなものでございましょう？」ある朝のこと、段庭《テラス》をお歩きになっていたおりに、王女は王子にそうお尋ねになった。

「それは北極光《オーロラ》のようなものだよ」王さまがかわって答えられた。王さまは、ほかのひとに放たれた質問も、すべてご自分でお答えになってしまうのである。「ただしもっと自然の光に近いものだが。余《よ》は星より花火を好むぞ、必ずあらわれるものであるし、余のフルートの演奏のように楽しいものだ。ぜひとも見られよ」

そこで王の庭園の片側に大きな観覧席がもうけられた。王室御抱えの花火師が、定められた場所ですっかり準備を整えおわると、花火たちが待ちかねていたように口々に話しだしたのである。

「世界って、ほんとに美しいんだねえ」小さな爆竹が叫んだ。「あの黄色のチューリップをごらんよ。ほんもののかんしゃく玉だって、あんなにきれいなのはないよ。旅をしてきてよかった。旅というものは心をたかぶらせてくれるし、偏見というものもいっさいとりのぞいてくれるしね」

「宮廷の庭園が世界ではないぞ、このばかものめが」大きな筒型花火がいった。「世界というのはだだっぴろい場所でね、すっかり見てまわるには三日もかかるんだぞ」

「どんな場所だって、好きになったところが世界なのよねえ」愁《うれ》いに沈んだ回転花火が抗議した。若いころ古い松材の箱に思いをよせていたことがあり、失恋したのがご自慢だったのである。「でも恋なんていまどきは流行《はや》らない、詩人たちが殺しちゃったから。恋についてさんざん書き散らしたものだから、だれも信じなくなっちゃったのよ、でもあたしは驚かない。まことの恋というものは、静かに思い悩んでいるものだわ。あたしにもおぼえがあるの――でもいまはもうどうでもいい。純情な恋はもう過去のものですもの」

「ばかな！」と筒型花火がいった。「恋は不滅だ。月のように永遠に生きつづけるんだ。見るがいい、あの花婿と花嫁は、深く愛しあっているじゃないか。おれはけさ、褐色の火薬筒から聞いたのさ、やつはたまたまおれと同じ引き出しのなかに入っていてね、宮廷の最新情報にくわしいんだ」

だが回転花火は首を振った。そして「恋は死んだの、恋は死んだの、恋は死んだの」とつぶやきつづけた。なにしろ同じことを何度もくりかえしいっていれば、しまいにはそれが真実になるとおもいこむ連中のひとりだったのだ。

とつぜん、えっへんえっへんという乾いた咳《せき》が聞こえてきた、みなはいっせいにあたりを見まわした。

それは丈の高い、高慢ちきな打ち上げ花火で、長い棒のてっぺんにくくりつけられていた。なにか発言しようというときは、ひとの注意を集めるためにいつも空咳《からぜき》をするのである。

「えっへん！　えっへん！」と打ち上げ花火がいったので、みなは耳を澄ましたが、哀れな回転花火だけは首を振りつづけ、「恋は死んだの」とつぶやいていた。

「静粛に！　静粛に！」とかんしゃく玉が叫んだ。彼はいっぱしの政治家で、地元の選挙では、いつも重要な役まわりを担《にな》っていたので、正式な議院用語を知っていたのである。

「すっかり死んだの」回転花火はそうつぶやくなり、ことんと眠ってしまった。

あたりがしんと静まりかえると、打ち上げ花火は、三度めの咳ばらいをしてから話しはじめた。たいそうゆっくりと明晰《めいせき》な声で話したが、まるで回想録を口述しているような調子で、話しかけている相手の肩のむこうにいつも目をやっていた。まことに威厳のある物腰である。

「王子にとってはなんという幸運であろうか」打ち上げ花火は所見をのべた。「わたしが打ち上げられようという日に婚礼をあげるとは。前もって手はずを整えていようと、これほどうまくはいかなかっただろう。王子はいつも幸運なのだよ」

「おやおや！」と小さな爆竹がいった。「おれはまた、まったくその逆だとおもっていたのに。おれたちは、王子さまに敬意を表して打ち上げられるんだとおもっていたけどな」

「きみはそうおもうかもしれないな」打ち上げ花火は答えた。「たしかにそれは疑いなかろうが、このわたしはちがうのだ。わたしは、まことに非凡なる打ち上げ花火で、非凡なる両親から生まれた。母親は、あの当時ではもっとも著名な回転花火でね、その優雅な踊りで令名をはせておった。派手にお目見えを果たしたときには、消えるまでになんと十九回も回転したのさ、そして回転するたびに、桃色の七つの星を空中にふりまいたものだ。母親は直径が三フィート五インチもあって、極上の火薬が詰めこまれておった。父親は、わたしのような打ち上げ花火で、フランスの血筋だった。そりゃ高く飛んでいったから、もう下へはおりてこないんじゃないかと、みんなは気を揉《も》んだものさ。ところがおりてきたんだな。なにしろ気立てのいいおやじだったから。黄金の雨を降らせながらそりゃ見事におりてきたんだよ。新聞はおやじの芸について書き立てて褒めまくったものだよ。それどころか官報じゃあ、ヒ薬芸の勝利といったもんだよ」

「火薬《カ》のことだよね」ベンガル花火がいった。「それは火薬というんだよ、だってお

れの容器にそう書いてあったもの」

「いや、たしかにヒ薬といったとも」打ち上げ花火は、厳しい口調でいった。そこで

ベンガル花火はしゅんとなってしまったが、自分はまだ偉物《えらぶつ》なんだと見せつけてやる

ために、すぐさま小さな爆竹にいばりちらした。

「わたしにいわせれば」打ち上げ花火は言葉をついだ。「わたしにいわせれば――わ

たしはなにをいおうとしていたんだろう？」

「ご自分のことを話しておいででしたよ」筒型花火が答えた。

「そうとも、わたしはある興味深い問題について論じておったのだ、無遠慮な邪魔だ

てが入るまでは。無遠慮な振る舞いや不作法にはがまんならん、このわたしはたいそ

う繊細なたちでね。この世界でわたしほど繊細なものはおらん、そいつはまったくた

しかなことだ」

「繊細なたちとはどんなものです？」かんしゃく玉が筒型花火に訊いた。

「自分にうおのめができているからと、いつも他人の爪先を踏むやつさ」筒型花火が

小声で答えたから、かんしゃく玉は大笑いして、いまにもはじけそうになった。

「おい、なにを笑っている?」打ち上げ花火は詰問した。「わたしは笑ってはおらんぞ」

「ぼくが笑ってるのは、幸せだからですよ」かんしゃく玉が答えた。

「たいそう手前勝手な理由だな」打ち上げ花火は腹立たしそうにいった。「幸せになる権利がきみにあるのか? きみは他人のことを思いやるべきだ。まず、わたしのことを考えるべきだよ。わたしは、常に自分のことを考えている、だれしもそうしているものとおもっている。それを思いやりというのだよ。それは美徳というものでね、わたしにはその美徳が格段にそなわっている。いいか、たとえばだ、今夜この身になにごとか起こったとしてごらん、みなにとってこれほどの不幸はないだろう! 王子と王女は二度と幸せにはなれまい。ふたりの結婚生活はおしまいだな。そして王は、その災いを乗りこえることはできまい。じっさいわたしの立場の重要性というものを考えると、感動のあまり涙が出そうになるよ」

「あなたがみなを楽しませたいとお考えなら」と筒型花火は叫んだ。「涙で濡らさぬほうがいい」

のですよ」

「まったくだ」元気をとりもどしたベンガル花火が叫んだ。「そいつが常識というものですよ」

「常識だと、ふん！」打ち上げ花火は憤然といった。「わたしが並外れていることを、たいそう非凡であることを、きみは忘れているな。常識なんぞだれにもあるのさ、想像力というものがないやつにはな。あいにくこのわたしには想像力があってな、なにごともありのままには受け取らない。まったくちがうものとして受け取るのさ。涙で濡らさぬようにというが、わたしの感じやすい性質というものを少しでも理解できるやつは、ここにはひとりもおらんのだな。だがさいわい、わたしは気にしない。ただひとつ、一生を通じて支えとなるのは、他人は自分よりはるかに劣っているという自覚だな。これをわたしは常に磨いておるのさ。ところがきみらには、感じる心というものがない。そうして楽しそうに笑っているんだ、王子と王女がまだ結婚していないとでもいうようにな」

「うん、だけど」小さな風船花火が叫んだ。「いいんじゃない？　すばらしく楽しいお祭りだもの、あたしは空中に高く高くのぼってって、この様子を星たちに話してやるつもり。あたしが美しい花嫁のことを話しているとき、きっと星がきらきら瞬《またた》いているのが見えるわよ」

「ふん！ なんというくだらん人生観だ！」打ち上げ花火はいった。「だがまあそんなところなんだろうよ。きみらにはなんにもない。うつろで、からっぽなのさ。まあおそらくな、王子と王女は、深い川のある国に住むことになって、それから王子と同じような金髪と菫《すみれ》色の目をもつ息子をひとり授かるかもしれない。そしておそらくある日、乳母といっしょに散歩に出る、そして乳母が大きな接骨木《にわとこ》の木の下で眠ってしまうかもしれない。そしてもしかするとその小さなぼうやは、深い川のなかにおちて溺れ死んでしまうかもしれない。なんたる恐るべき不幸だ！ 気の毒にな、たったひとりの息子を失うとは！ なんという恐ろしいことだ！ わたしならとうていこんな悲しみを乗り越えることはできんよ」

「でも王子さまたちは、ひとり息子を失ったわけではない」筒型花火がいった。「不幸なんて起きてはいませんよ」

「起きたとはいってないぞ！」打ち上げ花火が叫んだ。「起こるかもしれないといったんだ。もし王子たちがひとり息子を失ったのなら、もうなにをいっても無駄なんだよ。乳がこぼれたといって泣くようなやつは嫌いだね。だが王子たちがひとり息子を失うかもしれないと考えると、考えるだけで深い悲しみにうたれるのさ」

「そうだろうとも」ベンガル花火が叫んだ。「まったくあんたみたいにうたれやすいやつには会ったことがないねえ」

「おまえほど無礼なやつには会ったことがないぞ」打ち上げ花火はいった。「王子に対するわたしの友情というものを理解しておらん」

「王子と知り合いでもないくせに」筒型花火がぶつぶついった。

「王子が知り合いだといったおぼえはない」打ち上げ花火がいった。「王子と知り合いなら、友人になってはいかん。友人を知るということはとても危険なことなんだよ」

「ほんとに泣かないようにしないとね」風船花火がいった。「それが肝心なのよ」

「きみにとっては、肝心なことだろうよ、それは疑いないな」打ち上げ花火は答えた。「だがわたしは泣きたいときには泣く」そしてほんとにわっと泣きだした、涙が雨粒のように細長い筒を流れおち、二匹の小さなかぶと虫が溺れそうになった。かぶと虫たちは、ちょうど巣づくりを計画していたところで、住むための乾いた心地よい場所をさがしていたのである。

「きっと根は情熱的なのね」回転花火がいった。「だって泣くようなこともないのに泣いているんだもの」そういうと深いためいきをもらして、松材の箱のことを思った。

だが筒型花火とベンガル花火はたいそう腹をたて、声をかぎりに「くだらん、くだらん」とわめきつづけた。彼らはきわめて現実的だったので、不服があるときは、いつも「くだらん」というのである。

やがて月が見事な銀の楯《たて》のように昇った。そして星々が燦然《さんぜん》と輝きはじめ、宮殿から楽の音が聞こえてきた。

王子と王女は舞踏の先頭に立たれた。それは美しく舞われたので、丈の高い白百合《しらゆり》が窓からのぞきこんでそのお姿を眺め、大きな赤い罌粟《けし》の花が、こくりこくりとうなずいて拍子をとった。

そして十時が鳴り、そして十一時が、やがて十二時が、そしてとうとう真夜中の最後の刻《とき》が鳴りおわると、みながぞろぞろと段庭《テラス》に出てきた。そして王が花火師に合図をされた。

「花火をあげよ」と王が命じられた。王室御抱えの花火師はおもむろに一礼し、威儀を正して庭園のはしのほうに進んでいった。彼は六人の従者を従え、それぞれの従者が長い棒の先にくくりつけた燃える松明《たいまつ》を捧げもっていた。

それはまことに壮麗な見ものであった。

しゅっ！　しゅっ！　と回転花火はとびだし、くるくるとまわった。どーん、どーんと筒型花火が上がる。それから爆竹がぴょんぴょんと踊りはじめ、ベンガル花火はあたり一面を緋色に染める。「さようなら」と風船花火は叫んで空に舞いあがり、小さな青い火花をふりまく。バン！　バン！　とかんしゃく玉が応ずる、みんなおおいに愉しんでいた。あの非凡なる打ち上げ花火をのぞいては、みんなが大成功をおさめた。打ち上げ花火は涙を流したためにびしょ濡れになっていたので、とびだしていくことができなかった。せっかく最上の火薬が使われていたのに、それが涙で湿っていては、まったく役に立たなかったのである。ふだんは話しかけようともせず、遠慮なく嘲《あざけ》っていた哀れな親族たちは、すばらしい孔雀菊《くじゃくぎく》のように、火花とともに空に飛んでいった。ばんざい！　ばんざい！　と宮廷のひとびとは大喝采《かっさい》である。そしてかわいい王女はうれしそうにお笑いになった。

「どうやらわたしは、もっと盛大な式典のために残されたというわけだな」打ち上げ花火はいった。「そいつは間違いないところであるな」そういうと、打ち上げ花火はいちだんと尊大な顔をしてみせた。

翌日、人足《にんそく》どもが後片付けにやってきた。「これはきっと代表団諸君だな」打ち上げ花火はいった。「然《しか》るべき威厳をもって迎えよう」そこで打ち上げ花火はふんぞりかえって厳《いか》めしい顔をしてみせた、まるで重大問題について考えているような風情《ふぜい》である。だが連中は打ち上げ花火に見むきもせず、そのまま立ち去ろうとした。そのときひとりの人足が打ち上げ花火に目をとめた。「おいおい！」人足は大声をあげた。「なんとお粗末な打ち上げ花火だ！」そういうと打ち上げ花火を拾いあげ、塀のむこうの溝《どぶ》のなかにほうり投げた。

「お粗末な打ち上げ花火だと？　お粗末な打ち上げ花火だと？」打ち上げ花火は、くるくると空中で回転しながらいった。「まさか！　お見事な打ち上げ花火だな、あの男はそういったんだ。お粗末もお見事も、まあ似たようなものだからな」そういいながら打ち上げ花火は泥水のなかに落ちていった。

「こりゃあ、居心地の悪いところだな」打ち上げ花火はいった。「だがきっと流行《はや》りの浴場にちがいないぞ、わたしの健康回復のために、ここに送りこんだというわけか。たしかに神経はずたずただから、休息が必要だな」

そのとき宝石のように光る目をして、まだらな緑色のマントをはおった小さな蛙《かえる》が泳ぎながら近づいてきた。

「新入りだね!」と蛙がいった。「まあね、泥水のようにありがたいものはないからねえ。雨降り天気と溝がありゃあ、しあわせなことこの上なしさ。午後には、雨になるんじゃないかね? そう願っているんだが、空は真っ青だし、雲ひとつない。なんとも情けないねえ!」

「えっへん! えっへん!」打ち上げ花火が、咳をしはじめた。

「なんというすばらしい声だろう!」蛙が大声でいった。「しわがれ声とはこのことだ。しわがれ声といやあ、この世でもっとも音楽的だからな。今夜はおれたち合唱団の唄《うた》を聞いてもらおうか。農家のそばにある古い家鴨《あひる》池にすわりこんでね、月があがったらすぐに唄いだすんだよ。そりゃあうっとりするような合唱だから、みんな眠らずにおれたちの唄に聞き惚れるのさ。ついゆうべもね、農家のおかみさんが、おれたちの唄のおかげで夜は一睡もできなかったと、おふくろさんにこぼしていたからねえ。そんなに人気があるとは、まったくありがたいねえ」

「えっへん! えっへん!」打ち上げ花火が憤然といった。ひとことも口がはさめずに、いらいらしていたのである。

「ほれぼれするような声だねえ、まったく」蛙はつづける。「あとで家鴨池まできてもらえるとありがたい。これから娘たちを探しにいくんだよ。おれには別嬪《べっぴん》娘が六人いるんだけどな、川梭魚《かわかます》に出くわしゃしないかと心配でね。あいつはおっそろしい怪物で、おれの娘たちを、さっさと朝めしにしちまうようなやつなんだ。じゃ、あばよ、あんたと話し合えてほんとに愉快だったよ」

「話し合えたと！」打ち上げ花火はいった。「きさまはずっとひとりでしゃべっていたじゃないか。とても話し合いとはいえないぞ」

「だれかが聞き役にまわらないとね」蛙は答えた。「おれはひとりでしゃべるのが好きなんだ。それなら時間も節約できるし、議論もせずにすむからね」

「だがわたしは議論が好きなんだ」打ち上げ花火はいった。

「おれはごめんだなあ」蛙はのんびりといった。「議論なんざ、まったく低俗だよ、上流社会じゃ、みんながまったく同じ意見をもっているのさ。では、あらためて、さようなら。遠くのほうに娘たちが見えるから」そういうと小さな蛙は泳いでいってしまった。

「なんとも忌《い》ま忌《い》ましいやつだな」打ち上げ花火はいった。「おまけに育ちも悪い。きさまみたいに、自分のことをべらべらしゃべるやつはきらいだね、わたしのように、自分のことを話したいとおもっている相手をさしおいてだ。手前勝手というもんだよ。手前勝手というもんは、まったく唾棄《だき》すべきものだよ、ことにわたしのような性分《しょうぶん》のものにとってはな、わたしの思いやりのある性質はよく知られているのだから。じっさい、わたしを見習うべきなんだ。これほど上等の手本はほかにはなかろうが。きさまのためにはまたとない機会だぞ。なにしろわたしはもうじき宮廷に戻るんだ。宮廷ではたいそう人気があってね。なにしろ、王子と王女は、わたしのために昨日婚礼をあげたくらいだ。むろんきさまはこういうことには疎《うと》いだろうがね、なんたって田舎者だもの」

「あいつに話をしてもむだですよ」茶色の大きな蒲《がま》の穂の上にとまっていた蜻蛉《とんぼ》がいった。「まったくむだなんだ、だってとっくにいませんから」

「まあ、そいつはやつにとっての損失でね、こちらの損失ではない」打ち上げ花火は答えた。「やつがいくら無視しようと、わたしは話しかけるのをやめるつもりはないんだ。わたしは自分の話を聞くのが好きなんだよ。こいつはわたしの無上の楽しみでね。長いあいだひとりで話をしているときがあるんだよ。なにしろ頭が図抜けていいものでね、ときどき自分のいっている言葉が理解できないことがあるくらいさ」

「それじゃあ、哲学について講義なさるべきですよ」蜻蛉はそういうと、美しい薄羽をひろげて、空にむかって飛んでいった。

「ここにおらんとはなんと愚かなやつだろう！」打ち上げ花火は大声でいった。「賢くなれる、こんな機会はそうめったにあるもんじゃない。まあ、知ったことじゃないが。わたしのような天才は、いつの日か必ず認められるはずなんだ」そういうと打ち上げ花火は、泥のなかにまたちょっと沈みこんだ。

しばらくすると大きな白い家鴨《あひる》が泳いで寄ってきた。黄色の脚と水かきのある足をもち、そのよたよた歩きがたいそう美しいものと考えられていた。

「があ、があ、があ」と家鴨はいった。「あなたって、なんという妙ちくりんな格好をしているの！　生まれつき、そういう格好なのかしら、それとも事故にでも遭《あ》ったせいなの？」

「きみがずっと田舎暮らしだということははっきりしておるな」打ち上げ花火は答えた。「さもなければ、このわたしが何者か知っているはずだからね。だがきみの無知は許してやろう。だれもが非凡であると期待しては不公平というものだ。きみだってきっと驚くぞ、わたしが空中に飛び上がって、黄金の雨を降らせながらおりてくると知ったらな」

「たいしたことだともおもわないけど」家鴨《あひる》がいった。「そんなことが、なんの役に立つというのかしら。まあ、あなたが牛のように畠を耕せるというなら、馬のように荷車をひっぱれるというなら、コリー犬のように羊の世話ができるというなら、役に立つというわけだけど」

「このばかたれが」打ち上げ花火は、たいそう傲慢《ごうまん》な口調でわめいた。「おまえは下層階級の出だな。わたしのように身分の高いものは、役に立つというようなことはありえないのさ。すでに十分すぎるくらいの業績というものがあってね。どんな形であれ労働というものには、なんの共感も抱かないね、とりわけ、おまえが薦《すす》めるらしい労働にはね。重労働とは、することがないものたちの単なる逃げ場にすぎないというのがわたしの持論でね」

「まあ、まあ」と家鴨はいった。とても穏やかな気性の持ち主なのでだれとも争ったことがないのである。「ひとそれぞれに好みがあるのねえ。ともあれ、あなたがここに落ち着かれるよう願っているわ」

「おお！　めっそうもない！」打ち上げ花火はいきりたった。「わたしは訪問者にすぎん、天下に名高い訪問者なんだぞ。じつをいうと、ここにはもううんざりしておる。ここには社交界というものがない、孤独というものもない。なにしろ田舎だからねえ。わたしはいずれ宮廷にもどることになっておる、なにしろ世界に大きな感動をもたらすことを運命づけられておるからな」

「わたしもかつては、公の仕事をしようとおもったことがあったの」家鴨はいった。「だって改善すべきことがたくさんありますものね。しばらく前に、ある会議の議長になってね、あたしたちの意に沿わないものはすべて糾弾《きゅうだん》するという議案を可決したんですよ。それもたいして効果はなかったんですけどね。だからいまは家庭生活にもどって、家族の世話をしているの」

「わたしは、公務にたずさわるのが向いておるんだよ」打ち上げ花火はいった。「親類どももみんなね、身分の低いものたちもそろってだ。われわれが世間に登場するときは、たいそうな注目を浴びるんだよ。じつをいえばわたしのご登場はまだだがね、しかし登場するあかつきには、それは壮大な見ものになるだろう。家庭生活といえば、あれは、だれをもたちまちにして老いこませ、精神をば高尚なるものからひきはなしてしまうものだな」

「ああ！　人生における高尚なるもの、なんてすばらしいんでしょ！」家鴨はいった。「それで気がついた、あたし、とってもおなかがすいているの」そういうと家鴨は、「があ、があ、があ」といいながら、流れをくだっていった。

「もどれ！　もどれ！」打ち上げ花火は絶叫した。「おまえにいいたいことがたくさんあるんだ」だが家鴨は耳をかさなかった。「行ってくれてよかったよ」打ち上げ花火はひとりごとをいった。「どうみても中流のやつだよ」そして泥のなかにさらに身を沈め、天才の孤独について考えはじめたそのとき、白い上っ張りをきたふたりの少年が薬罐《やかん》と小枝の束を抱えて土手を駆《か》けおりてきた。

「これこそ代表団にちがいないぞ」打ち上げ花火はそういうと、おもむろに威儀を正した。

「やあ！」少年のひとりが叫んだ。「この古くさい棒きれをみろよ。どうしてこんなところにあるんだろう」少年は打ち上げ花火を溝から拾いあげた。

「古《オールド》くさい棒きれだと！」打ち上げ花火はいった。「なんたることだ！　黄金《ゴールド》の棒切れ、とあいつはいったんだ。黄金の棒切れとはすばらしい賛辞だ。あいつはなんと、わたしを宮廷の高官とまちがえたな！」

「こいつを火にくべようよ」もうひとりの少年がいった。「薬罐のお湯をわかすのにちょうどいいよ」

そこで少年たちは、小枝を積み上げ、その上に打ち上げ花火をのせて火をつけた。

「こいつはすごい」打ち上げ花火は叫んだ。「まっぴるまに打ち上げようというんだな、みんながわたしを見られるように」

「さあ、ひと眠りしよう」少年たちはいった。「目が覚めるころには、お湯がわいてるぜ」かれらは草の上にごろりと横になって目を閉じた。

打ち上げ花火はびっしょり濡れていたので、火がつくのに長い時間がかかった。だがついに火がついた。

「さあ、出発だ！」打ち上げ花火は叫ぶと、ぴんと直立した。「星よりも高く飛んでいくんだぞ、月よりも高く、太陽よりも高く。じっさい、とても高く飛んで――」

シュッ！　シュッ！　シュッ！　打ち上げ花火は空中にまっすぐ飛び上がった。

「すばらしい！」打ち上げ花火は叫んだ。「このまま、永久に飛びつづけるぞ。たいしたものだな、このわたしは！」

だが見ているものはだれもいなかった。

しばらくすると全身がひりひりするような奇妙な感覚に襲われた。

「いよいよ爆発するぞ」打ち上げ花火は叫んだ。「さあ世界じゅうに火をつけるぞ、一年じゅうの話題をひとりじめするような轟音《ごうおん》をあげてやるぞ」そして打ち上げ花火はたしかに爆発した。バン！　バン！　バン！　と火薬が爆発した。それはまちがいなかった。

だがだれもその音を聞いたものはいなかったし、あのふたりの少年たちでさえ聞かなかった、なにしろふたりともぐっすり眠っていたのである。

やがて残っているのは棒だけとなり、それは溝の縁《へり》を散歩していた鵞鳥《がちょう》の背中の上におちた。

「おやまあ！」と鵞鳥が大声をあげた。「どうやら棒の雨が降ってくるらしいわ」そういうと鵞鳥はいそいで水のなかに飛びこんだ。

「大きな感動をまきおこすことはわかっていた」打ち上げ花火は喘《あえ》ぎながらいい、そして息絶えた。

『柘榴《ざくろ》の家』

A HOUSE OF POMEGRANATES

戴冠式《たいかんしき》と定められた日の前夜であった。若き王はその美しい居室にただひとり座っておられた。廷臣《ていしん》たちは一同、当日の儀礼にのっとり深々と拝礼をして御前を退出したのち、さらに礼法の師範《しはん》より最後のいくつかの指南を受けるため大広間に下がっていた。廷臣のなかには、いまもって礼法をわきまえぬものがいたのだが、それが廷臣として極めて由々しき罪であることはいうまでもない。

少年は——まだ十六という若さだった——廷臣たちが退出して残念などとはむろんおもいもせず、深い安堵《あんど》の吐息をもらすと、縫い取りのある柔らかな寝椅子《ねいす》に身を投げだし、猛々《たけだけ》しい目つきで、口をあけたまま横たわっていたが、そのさまは、まるで森に棲《す》む茶色の半人半獣《ファウヌス》の牧神か、猟師の罠にかかって捕らえられたばかりの幼獣をおもわせた。

少年を見つけだしたのはたしかに猟師たちだったが、手足はむきだしのまま笛を手に貧しい山羊《やぎ》飼いの山羊の群れを追っているこの少年にたまたま出くわしたのである。山羊飼いは少年の育ての親だったが、少年自身は山羊飼いの実の息子だとおもっていた。この少年こそは、老王のただひとりのご息女が、身分のはるかに下のものと密かに契《ちぎ》りを結んでもうけたお子であった――相手はよそ者、かれが奏でる素晴らしい堅琴《リュート》の魔法にかかって若き王女は恋におちてしまったのだと囁《ささや》くものもいた。あるいはお相手はリミニの画家で、王女はその者に尊崇の念を、あまりにも深い尊崇の念を寄せてしまったのだと噂するものもいた。その画家は未完の作品を大聖堂に残したまま、忽然として街から姿を消したということだ――そのお子は、生後わずか一週間で、王女が眠っているすきに連れ出され、平民の農夫とその妻の手にゆだねられたのである。その者たちには子がなく、街からは馬車で一日の余もかかる森の奥に住んでいた。このお子を産んだ色白の王女が亡くなられたのは、悲嘆のあまりか、あるいは宮廷の侍医が明言したように疫病のためか、あるいは効き目の早いイタリア産の毒薬を入れた香辛料入りの葡萄酒《ぶどうしゅ》を飲まされ、目覚めて一時間もせぬうちに息絶えたという噂もあった。それから信頼あつき使者が、そのお子を馬の鞍頭《くらがしら》に乗せて連れ出し、疲れ果てた馬の上から身をのりだして、かの山羊飼いの小屋の粗末な戸を叩いたころ、王女の亡骸《なきがら》は、街の門の向こうの荒れ果てた教会の墓地にすでに掘られていた墓穴におろされていたとか、その墓には、すでにもう一体の亡骸が埋められていたが、それは異国のたいそう美しい若者の亡骸で、後ろ手にかたく縛りあげられ、その胸にはたくさんの赤い刺し傷があったとか。

これが、少なくとも、ひとびとのあいだで囁かれている話であった。たしかなことは、老王が臨終《りんじゅう》の床でご自身の大罪を深く悔やまれたゆえか、あるいはご自身の王国の血筋が絶えてはならぬと考えられたゆえか、かの少年は山羊飼いのもとから連れもどされ、宮廷会議の席上で、王の世継ぎであると認証されたのである。

そしてどうやら世継ぎと認められたこの瞬間に、若き王は、これから一生を通じて自分に大きな影響をおよぼすことになる美への異常な情熱のきざしを見せたのであった。お世話をするため続きの間に若き王をお連れしたものたちは、若き王がそこに用意されていた優雅な衣服や眩《まばゆ》いばかりの宝石を見たときに、その唇からほとばしった歓喜の叫びを、その後もよく話題にしたものである。そして、それまで着ていた粗末な革製の上着やごわごわした羊革の外套《がいとう》を脱ぎすてたときに見せた荒々しいほどの歓喜の情についても。たしかに若き王は、森の自由な生活が懐かしくなることもあれば、日々の多くを占める退屈な宮廷の儀式にはうんざりすることもあったのだが、この素晴らしい王宮——世人のいう歓喜宮——の主《ぬし》となったのだと考えると、これは自分の歓びのために作られた新世界のようにおもわれたのである。そして宮廷会議の席から、あるいは謁見《えっけん》の間から逃げだせるとなると、若き王はすぐさま金箔を着せた青銅の獅子の彫刻のある広い階段を、輝く斑岩《はんがん》の階段を駆けおりて広間から広間へと、通廊から通廊へと彷徨《さまよ》い歩いた。そのさまは己の苦痛を和らげてくれるもの、病を癒やしてくれるものを、その美しいもののなかに求めているかのようであった。

発見の旅、と若き王はそう呼びたがった——たしかにその旅は、驚異の世界をめぐるほんものの旅であり、ときには金髪の華奢《きゃしゃ》な小姓たちがマントをひるがえし、リボンをはたはたとはためかせて供をすることもあった。だがひとりで歩きまわるほうが多かったのは、ほとんど予知ともいえるようなある鋭敏な本能によって、芸術の秘密は、ひとりひそかに学ぶがよし、美は智と同じく孤独な崇拝者を愛するものだと若き王は感じていたからである。

この時期の若き王については、さまざまな奇妙な話が伝えられている。市民を代表して美辞《びじ》を連ねた華々《はなばな》しい挨拶をするため伺候《しこう》した尊大な市長は、若き王が、ヴェニスから到着したばかりの大きな絵画の前に跪《ひざまず》いて敬慕の情をあらわしているのを見たと、それはまるで新しい神を拝礼しているように見えたと語った。またあるときは、若き王が数時間も行方知れずになり、長時間の捜索の末に、王宮を望む北側の小塔にある小部屋で、アドニスの像を彫りだしたギリシャの宝石をうっとりと眺めているところを発見されたとか。噂によれば、若き王は、古びた像の大理石の額にその温かな唇を押しあてていたとか。その像は、石橋を築くとき川床から発見されたものであり、ハドリアヌス大帝時代のビチュニアの奴隷の名が彫ってあったという。また夜を徹して、エンディミオンの銀の像にあたる月光の効果を書きとめていたこともあるという。

希少なもの、高価なものはすべて、若き王を魅了してやまず、それらを手にいれたいという欲求に駆られ、大勢の商人たちを諸所に遣《つか》わしたのである。あるものは琥珀《こはく》を買いつけに北の海のあらくれ者の漁夫のもとへ、あるものは、王の墓でしか見つからない珍しい緑色のトルコ石、不思議な力をもつといわれるその石を買いつけるためにエジプトへ、またあるものは、絹の絨毯《じゅうたん》や彩色した陶器を買いつけるためにペルシャへ、またあるものたちは、紗《しゃ》や彩色した象牙、月長石《ムーンストーン》や翡翠《ひすい》の腕輪、白檀《びゃくだん》や青磁や美しい羊毛の肩掛けなどを買いつけにインドへと遣わされた。

だがなによりも若き王の心を占めていたものは、戴冠式《たいかんしき》の折りに着用する礼服のことであった。金糸を織りこんだ礼服、そして紅玉《ルビー》をちりばめた王冠、真珠をさまざまに並べた王笏《おうしゃく》。豪奢《ごうしゃ》をきわめた長椅子《ながいす》に寝そべり、大きな暖炉であかあかと燃えている太い松の丸太を見つめながら、今宵、若き王が考えていたのが、この礼服のことであるのはたしかだった。当時のもっとも著名な画家たちの手によって描かれた下絵は、もう何カ月も前にさしだされていた。そこで技工たちは、日夜、その完成にはげむようにと、その仕事にふさわしい宝石を、世界じゅうから探してまいれと命じられたのである。大聖堂の高い祭壇の前に、王のみが着る美しい礼服をまとって立つ自分を、若き王が想像するとき、少年らしい唇のあたりに微笑がただよい、その黒い森をおもわせる目は明るい輝きをはなった。

しばらくすると若き王は椅子より立ち上がり、彫刻のほどこされた暖炉のひさしによりかかり、ほの暗い光に照らされた広間を見わたした。壁には、美の勝利をあらわした豪奢な綴《つづ》れ織りがかけられている。瑪瑙《めのう》や瑠璃《るり》がちりばめられた大きな戸棚が一隅を占め、窓と向き合っておかれた精妙な作りの飾り棚には、金粉と金のモザイクで飾った漆塗《うるしぬ》りの鏡板がはめこまれ、棚の上には、ヴェネチア硝子《ガラス》の優美な酒杯や、黒い縞瑪瑙《しまめのう》の茶碗がおかれていた。寝台の絹の上掛けには、眠れるものの疲れた手からこぼれ落ちたかのような薄青い罌粟《けし》の花が刺繡されている。そして縦溝の彫られた象牙の円柱が天鵞絨《ビロード》の天蓋《てんがい》を支え、そこから駝鳥《だちょう》の羽毛の大きな房が、まるで白い泡のように、青ざめた銀の格天井《ごうてんじょう》に向かって跳ねあがっている。緑色の青銅で作られた笑うナルキッソスが、磨き上げた鏡を頭上で支えている。テーブルには、紫水晶の平たい鉢がのっていた。

外を見れば、影のような家並みの上に、大聖堂の巨大な円蓋《ドーム》が泡のようにぼんやりと望まれ、川沿いの霧のたちこめる段庭《テラス》を疲れた様子の歩哨が行ったり来たりしているのが見える。はるかかなたの果樹園で、小夜啼き鳥《さよなきどり》が啼《な》いている。茉莉花《ジャスミン》のほのかな香りが、開いた窓からしのびこんでくる。若き王は、額にかかった茶色の巻き毛をかきあげ、堅琴《リュート》をとりあげると、その指を弦の上にさまよわせた。重いまぶたが垂れ下がり、奇妙な倦怠《けんたい》が全身をおおった。いまだかつて若き王は、これほど鋭敏に、あるいはこれほどの激しい歓びをもって、美しいものの魔術と神秘とを感じたことはなかったのである。

時の塔から真夜中を知らせる鐘の音が聞こえると、若き王は鈴を鳴らした。小姓たちが入ってきて、王の衣服を恭《うやうや》しくお脱がせ申し、両の手に薔薇水《ばらすい》をふりかけ、枕には花びらをまいた。小姓たちが広間を出ていくと、王は眠りにおちた。

眠っているあいだに王は夢を見たが、それはこのような夢だった。天井が低く細長い屋根裏部屋にたくさんの織り機が並び、そのぱたんぱたんという騒音のただなかに王は立っていた。格子窓からわずかな日の光がさしこみ、おのおのの枠にかがみこんでいる織工の痩せこけた姿が見えた。青白い顔の病弱な子どもたちが太い梁《はり》の上にしゃがみこんでいる。織工は重い筬《おさ》をもちあげて、縦糸のあいだに勢いよく杼《ひ》を通し、杼がとまると筬をおとし、糸をしっかりと押さえる。織工の顔は飢えのためにやつれ、か細い手はぶるぶると震えている。痩せさらばえた女たちが数人、卓の前にすわって縫い物をしている。異様な匂いがあたりに満ちていた。空気はどんよりと、むかつくような悪臭をはなち、壁はじっとりと濡れて、しずくが流れおちている。

若き王は、織工のひとりに近づき、かたわらに立つと男をじっとみつめた。

織工は怒ったように王を見ていった。「おまえはなぜわしを見ておる？　親方にたのまれてわしらを見張っているのか？」

「そなたの親方とはだれだ？」若き王は尋ねた。

「わしらの親方か！」織工は悲痛な声で叫んだ。「わしと同じ人間だ。だがわしらのあいだにはちがいがあるのさ――親方はきれいな服を着て、わしはぼろを着ている。わしは飢えてすっかり弱っているが、親方は食い過ぎで苦しんでおるわ」

「この国は自由だ」と若き王はいった。「そなたは奴隷《どれい》ではない」

「戦いになれば」と織工は答えた。「強い者が弱い者を奴隷にする。平和なときは金持ちが貧乏人を奴隷にするのさ。わしら、生きるために働かにゃならん、やつらのくれるしみったれた給金じゃ、わしらは死ぬしかないのさ。わしらは、やつらのために一日じゅうあくせくはたらいているが、やつらときたら、櫃《はこ》のなかにせっせと金を貯めこんでいる。わしらの子どもは早死にしちまうし、わしらが愛してるものたちは、悪鬼のように険しい顔をしているのさ。わしらは葡萄《ぶどう》をせっせと踏み、葡萄酒はやつらが飲む。わしらは玉蜀黍《とうもろこし》の種をまくが、うちの食卓はからっぽさ。だれの目にも見えなくとも、わしらには鎖がついているんだよ。わしらは奴隷さ、ひとはわしらが自由だというがな」

「みながみな、そんなふうなのか？」王は尋ねた。

「わしらはみんなそうなのさ」織工は答えた。「老人も若者もさ、女も男もさ、小さな子どもも、もう動けなくなった老いぼれもだよ。商人どもがわしらを虐《しいた》げる、わしらはやつらの命令に従わなくちゃならないんだ。馬に乗った司祭さまが、ロザリオを爪繰《つまぐ》ってお祈りしてたって、わしらにゃ目もくれねえ。わしらのとこの、日もささねえ路地を『貧乏』が飢えた目をしてうろついている。そしてむくんだ顔をした『罪』のやつが、そのあとにぴったりくっついている。朝には、『貧苦』がわしらといっしょに目を覚まし、夜になれば『屈辱』がわしらのそばにでんとすわってる。けどそんなものが、おまえさんにとって、なんだというんだい？　おまえさんはわしらの仲間じゃない。その顔は幸せでいっぱいじゃねえか」そういうと織工は、顰《しか》めた顔をそむけ、手にした杼《ひ》を織り機のあいだにさっと投げたが、若き王はそのとき、杼には金の糸が通されているのに気づいたのである。

大きな恐怖が王をとらえた。王は織工にいった。「おまえが織っているのは、なんの衣裳か？」

「若い王が戴冠式に着る衣裳さ」織工は答えた。「それがどうしたと?」

そこで若き王は、一声《ひとこえ》大きな叫びを発し、目を覚ました。するとなんと、そこは自分の居室であり、蜜色の大きな月がほの暗い夜空にかかっているのが、窓越しに見えた。

そして王はふたたび眠りにおち、夢を見たが、これがその夢である。どうやら百人もの奴隷が漕《こ》ぐ巨大なガレー船の甲板の上に横たわっているらしい。かたわらに敷かれた絨毯《じゅうたん》の上にこの船の船長がすわっている。かれは黒檀《こくたん》のように黒く、ターバンは真紅の絹だった。銀の大きな耳輪が厚い耳たぶにぶらさがっており、象牙の秤《はかり》を両の手にもっていた。

奴隷たちは、ぼろぼろの腰布のほかはなにひとつ身につけず、隣同士が鎖でつながれていた。熱い日射しがぎらぎらと照りつけ、黒人たちが通路を駆けめぐって、革の鞭《むち》でかれらをぴしぴしと打ちすえている。奴隷たちは痩せこけた腕を伸ばして、重い櫂《かい》で懸命に水をかいている。櫂から塩からい水しぶきがあがっていた。

やがて小さな入り江にたどりつくと、黒人たちは水深を測りはじめた。岸辺から微風が吹きよせ、甲板や大きな三角帆を赤く細かい砂ぼこりでおおった。三人のアラブ人が、野生の驢馬《ろば》に乗って駆けよってくると、船をめがけて槍《やり》を投げてきた。ガレー船の船長は色どり鮮やかな弓に矢をつがえ、相手の喉首《のどくび》にその矢を射こんだ。相手は打ち寄せる波のあいだにどうとばかりにおち、残るふたりは一目散《いちもくさん》に駆け去った。黄色いヴェールに身を包んだ女が駱駝《らくだ》に乗ってゆっくりとそのあとにつづき、ときおり振り返ってはその死体を見ていた。

ガレー船では、錨《いかり》が投げこまれ、帆がおろされるとすぐに黒人たちが船倉におりていき、重い鉛の錘《おもり》がついた長い縄梯子《なわばしご》を運びあげてきた。船長はそれを船腹に投げ、梯子の先端をふたつの鉄の支柱にしっかりとくくりつけた。それから黒人たちはいちばん若い奴隷を捕《とら》え、足かせを叩き割ってはずし、その男の鼻孔と耳の穴に蠟《ろう》を詰めこみ、腰のまわりに大きな石をくくりつけた。男は縄梯子をのろのろとおりていき、海中に消えた。男が沈んだあたりから、ぶくぶくと泡があがってくる。ほかの奴隷たちは、船腹から身をのりだし、興味しんしんと海面をのぞきこんでいる。船の舳先《へさき》には、鮫《さめ》よけの術をかける男がすわって単調な太鼓の音をひびかせている。

しばらくすると水中にもぐっていた男が海面にあらわれ、喘《あえ》ぎながら縄梯子にしがみついたのだが、その右手には一粒の真珠がしっかり握られていた。黒人がそれを取り上げ、ふたたびその男を水中に突き落とした。ほかの奴隷たちは櫂《かい》にもたれて眠りこけている。

かの男はなんどもなんども海面に浮かびあがり、その都度その手には、美しい真珠が握られていた。船長はそれを秤《はかり》にのせて目方を量り、緑色の革袋にしまいこんだ。

若き王は話しかけようとするのだが、舌がうわあごにぴったりはりついているようで、唇はぴくりとも動かなかった。黒人たちはがやがやとお喋りをしていたが、そのうちに光る数珠玉《じゅずだま》のことでいさかいをはじめた。二羽の鶴が円を描いて船の上を舞っていた。

あの男はこれを最後と海面に浮きあがってきたが、その手にもっていた真珠は、ホルムズ島のどの真珠よりも美しかった。それは満月のような形で、明けの明星よりも白かった。だが男の顔は異様に青く、甲板に倒れこむと、耳と鼻からどっと血があふれだした。ほんのしばらく震えていたが、やがて動かなくなった。黒人たちは肩をすくめ、その体を船ばたから投げおとした。

ガレー船の船長は高々と笑いながら手を伸ばしてその真珠をとったが、それを見るなり、額に押しつけ、深々と頭をさげた。「これぞまさしく若き王の王笏《おうしやく》にふさわしい」と船長はいい、それから錨《いかり》を引き上げるよう、黒人たちに合図を送った。

若き王はこれを聞いて、一声大きな叫びをあげ、そして目を覚ましたのである。窓の外では、暁の灰色の長い指が、薄れゆく星々に摑みかかるのが見えた。

そして王はふたたび眠りにおち、夢を見たが、これがその夢である。

どうやら薄暗い森のなかをさまよっているらしい、そこには奇妙な果実がぶらさがり、美しく毒々しい花が咲いている。鎖蛇《くさりへび》がしゅーっと音をたてて向かってくるかと思えば、色鮮やかな鸚鵡《おうむ》が枝から枝へ飛びうつりながら鋭い声をあげている。巨大な亀が熱い泥の上で眠っている。樹木には、猿《さる》や孔雀《くじゃく》が群がっていた。

若き王はずんずんと進んでいき、やがて森のはずれへとたどりついた。そこでは、干上がった川床で大勢の男たちが懸命に働いていた。男たちはごつごつした岩に蟻のように群がっている。地面に深い穴を掘って、そのなかへ入っていくものもいる。またあるものはいくつもの岩を大斧でぶちわり、あるものは砂のあいだによつんばいになって、なにやら探している。仙人掌《サボテン》を根っこから引き抜き、深紅色の花を踏みつけるものもいる。たがいに声をかけあいながら、せっせと動きまわり、あそんでいるものはだれひとりいない。

洞窟の暗闇から、『死』と『貪欲《どんよく》』がその男たちを見張っていた。『死』がいった。「わたしは疲れたよ、あのものたちの三分の一をわたして、わたしを解放してくれ」だが『貪欲』は首を振った。「あのものたちは、わたしの召使ですよ」と『貪欲』は答えた。

すると『死』がいった。「おまえはその手になにをもっている?」「小麦の粒を三粒もっています」と『貪欲』は答えた。「それがなんだというのです?」

「それを一粒、わたしにおくれ」と『死』が叫んだ。「わたしの畠《はたけ》に蒔《ま》くから。たった一粒でいい、そうしたらわたしはここを去ろう」

「あなたにはなにもあげませんよ」『貪欲』は、衣服のひだのあいだにその手を隠した。

すると『死』は笑い、碗《わん》をひとつとると、それを水たまりのなかに浸した。するとその碗から『瘧《おこり》』が立ち上がった。『瘧』が群衆のあいだをかきわけていくと、かれらの三分の一が死んだ。ひんやりとした霧が『瘧《おこり》』のあとに従い、水蛇がそのわきを走っていった。

『貪欲』は、群衆の三分の一が死んだのを見ると、胸を叩いて泣いた。しぼんだ乳房を叩いて、大声をはりあげた。「わたしの召使を三分の一も殺したね」と『貪欲』は叫んだ。「立ち去るがいい。タタールの山岳地方で戦いが起こっている、双方の王があなたを呼んでいる。アフガニスタン人が生贄《いけにえ》として黒い牡牛《おうし》を殺し、戦いにおもむくために行進している。かれらは槍《やり》で楯《たて》を打ち鳴らし、鉄の兜《かぶと》をかぶっている。あなたにとってわたしの谷がなんだというの、あなたがここに留まる必要があるの？　立ち去っておくれ、二度とここには戻らぬように」

「いいや」と『死』は答えた。「おまえが小麦を一粒くれるまでは、立ち去るまいよ」

だが『貪欲』は手を握りしめ、歯を食いしばった。「あなたにはなにもやらぬ」と『貪欲』はつぶやいた。

すると『死』は笑い、黒い石を拾い上げると、それを森のなかに投げ込んだ。すると野生の毒人参の茂みのなかから、炎の衣をまとった『熱病』があらわれた。そして群衆のあいだをかきわけていき、そのものたちに触れると、触れられたものはみな死んだ。歩いていくその足もとの草はみな枯れた。

『貪欲』は身震いし、悲しみのあまり頭に灰をかけた。そして「あなたは残酷だ」と叫んだ。「あなたは残酷だ。インドの城砦都市には飢饉があり、サマルカンドの貯水池は干上がっている。エジプトの城砦都市にも飢饉があり、蝗《いなご》が砂漠から襲来した。ナイル川は氾濫せず、僧たちは『豊穣の神《イシス》』と『冥界の王《オシリス》』に呪いの言葉を浴びせている。あなたを必要としているものたちのところへ行くがいい、わたしの召使は残してね」

「いやだ」と『死』はいった。「おまえが、小麦を一粒でもくれないかぎり、立ち去るものか」

「あなたには、なにひとつやるものか」と『貪欲』はいった。

すると『死』はふたたび笑い、指笛を鳴らした。すると女がひとり、空中を飛んできた。『疫病』とその額には記されており、痩せた禿鷹《はげたか》の群れが、そのまわりに輪をかいている。『疫病』がその翼で谷をおおうと、だれひとり生き残ったものはいなかった。

『貪欲』は悲鳴をあげながら林を突っ切っていき、『死』は赤い馬に飛び乗ると、勢いよく駆け去ったが、それは風よりも速かった。

谷底の軟泥のなかから、竜や、鱗《うろこ》の生えた怪物どもが這い上がり、ジャッカルが、砂の上をとことこ走ってくると、あたりの空気をくんくんと嗅いだ。

若き王は泣きながら、こういった。「あの男たちは何者だ、なにを探していたのだ？」

「王がいただく冠に飾る紅玉《ルビー》を」王の背後に立っていたものが答えた。

若き王はおどろいてうしろを振り向くと、そこには巡礼の服をきた男がおり、その手に銀の鏡をもっていた。

若き王は蒼白になり、こういった。「どの王のためだと？」

巡礼は答えた。「この鏡を見なされ、さすればその王が見えまする」

若き王は鏡をのぞいた。するとそこには己の顔があったので、王は一声大きな叫びをあげ、そこで目が覚めた。明るい日光が寝室に流れこみ、庭園や遊園の樹木から鳥たちの囀りが聞こえてきた。

侍従や貴族たちは入ってくると王に拝礼し、小姓たちは金糸を織りこんだ礼服を王のもとに運び、王冠と王笏をその前においた。

若き王がそれらを見ると、どれも美しいものだった。これまでに見たなによりもそれは美しかった。だが王はあの夢を思い出し、貴族たちにいった。「これをみな下げよ、身につけるつもりはない」

廷臣たちは驚愕《きょうがく》し、笑いだす者もいた。王が冗談をいっておられるとおもったからである。

だが王はふたたび厳しい声を発した。「みな下げよ。わたしの目に触れさせるな。戴冠式《たいかんしき》であろうと、これを身につけるつもりはない。なぜなら、このわたしの礼服は、悲しみの織り機で、『苦痛』の白い手によって織られたものだからだ。紅玉《ルビー》の芯には『血』があり、真珠の芯には『死』がある」そこで若き王は、あの三つの夢の話をした。

廷臣たちは王の話を聞きおわると、たがいに顔を見あわせ囁《ささや》きあった。「王は乱心なされたのだ。夢は夢にすぎず、幻は幻にすぎないではないか？　心すべき現実のものではないのだ。われわれのためにこつこつ働いているものたちの暮らしが、われわれにどんな関わりがあるというのか？　種を蒔《ま》くひとびとに会うまでは、パンを食べてはならぬのか、葡萄園の園丁と話しあうまでは、葡萄酒を飲んではならぬのか？」

　そして侍従は若き王にこう言上した。「陛下、そのような暗いお考えはお捨てなさいませ、そしてこの麗《うるわ》しき礼服を着用なされ、この王冠をお頭《つむり》におかれますように。陛下が王のお召し物を召されねば、陛下が王であると、どうして民にわかりましょうや？」

　若き王は侍従を見つめた。「まことに、そうであろうか？」と王は尋ねられた。「王の衣服をまとわねば、わたしが王とはわからぬと申すのか？」

「わかりませぬ、陛下」侍従は大音声《だいおんじょう》をはりあげた。

「王の風貌《ふうぼう》をもつ者がいるとおもっていたが」若き王は答えた。「だがそなたの申すとおりやもしれぬ。それでもわたしはこの礼服は着用せず、この王冠をいただくつもりもない、この宮殿にきたときと同じ姿で、宮殿を出ていこう」

　そしておつきとして使っていた小姓、自身よりは一歳年下の若者を除き、一同に退出を命じた。この小姓は身のまわりの世話をさせるために残したのである。浄水で身を清めると、彩色された大きな塗りの櫃《ひつ》を開け、そこから革の上着とごわごわした羊革の外套をとりだしたが、それは王が丘の斜面で、毛むくじゃらの山羊たちの番をしていたときに着ていたものである。それらを身にまとい、手にはあの粗末な山羊飼いの杖《つえ》をもった。

小姓は不思議そうに大きな青い目を見開き、微笑をうかべて王に申し上げた。「陛下、お召し物と王笏はよろしゅうございますが、王冠はどこにございますか?」

王は、露台《ろだい》に這い上がっている野茨《のいばら》の小枝を折りとり、それを輪にして頭にのせた。

「これをわたしの王冠としよう」と王は答えた。

こうして正装した王は居室から立ちいで、貴族たちが待つ大広間へ入っていった。

並いる貴族たちが騒ぎだし、王に向かって大声で叫ぶ者もいた。「陛下、民は王を待っておるのですぞ、その者たちに乞食《こじき》をお見せになるのですか」激昂《げきこう》した者たちはこういった。「わが王国の不名誉だ、われらが君主に価しない」だが王は一言も返さずにそのまま進まれ、光り輝く斑岩の階段をおり、青銅の門をいくつかくぐると、馬にまたがって大聖堂に向かわれ、小姓は走ってそれに従った。

ひとびとは笑った。「いま駆けていったのは、あれは王様の道化だな」だれもが王を嘲《あざけ》った。

そこで王は手綱《たづな》をひきしぼって立ち止まると、こういわれた。「いいや、わたしは王である」そして王はあの三つの夢をみなに話された。

するとひとりの男が群衆のなかから立ちいでて、激しい口調で王に話しかけた。

「王さま、あなたはご存じではないのですか、富める者の贅沢《ぜいたく》が貧者の命を支えていることを？　あなたさまの豪奢な生活がわたしどもの口を養い、あなたさまの不徳な行ないが、わたしたちに糧《かて》をあたえているということを？　主《あるじ》のために身を粉《こ》にして働くのは辛いことですが、働かせてくれる主がいなければ、いっそう辛いのです。大《おお》鴉《がらす》がわたしたちを養ってくれるでありましょうか？　あなたさまに、そうしたわれわれを救済する手段がおありでしょうか？　買い手に向かってあなたさまは、『これこれの値段で買うように』と申されますか、『これこれの値段で売れ』と申されるでしょうか。そうはおもいませぬ。それゆえ、どうか王宮にもどり、あの紫色の王の衣と上質の下着をお召しなされ。あなたさまは、われわれにどんな関わりがおありですか、われわれの苦しみとどんな関わりがおありですか？」

「富める者と貧しき者は、兄弟ではないのか？」若き王は尋ねた。

「さよう」その男は答えた。「そして富める兄者の名はカインでございます」

若き王の目には涙があふれたが、がやがやと立ち騒ぐひとびとのあいだをなおも進みつづけるので、小姓は次第に恐ろしくなり、王のもとをはなれた。

そして若き王が大聖堂の大きな扉の前までやってくると、兵士たちが矛槍《ほこやり》を突き出していった。「ここでなにをしている？　この扉は国王陛下のほかは入れぬのだぞ」

若き王の顔は怒りのために紅潮し、「わたしは国王である」と兵士たちにいい、かれらの矛槍を払ってさっさと内に入っていった。

年老いた司教は、山羊飼いの服を着た王が入ってくるのを見ると不思議そうに高座から立ち上がり、王を迎えて、こういった。「わが子よ、これが王の衣裳ですか？　わたくしは、どのような王冠をあなたに授ければよいのでありましょう、どのような王笏をあなたの手におけばよいのでありましょうや？　今日という日は、あなたにとっては歓びの日、決して屈辱の日ではありませぬ」

「『歓び』が『悲しみ』のこしらえた衣服を着るというのですか？」と若き王は申され、あの三つの夢の話を司教に語ったのである。

司教はその話を聞くと眉をひそめた。「わが子よ、わたくしは老いの身、人生の冬にさしかかっております。この広い世界で、邪悪なことが多々なされているのは存じております。残忍な盗賊どもが山からおりてきて、いたいけな子どもたちをさらっていき、ムーア人に売りつけます。獅子《しし》は隊商を待ち伏せして駱駝《らくだ》に襲いかかります。狂暴な猪《いのしし》が谷間の穀草を引き抜き、狐《きつね》は丘の上の葡萄を食いつくします。海賊は海辺を荒らし、漁師の舟を焼きはらい、漁網を奪います。塩水の湿地には癩者《らいしゃ》たちが暮らしております。葦《あし》で葺《ふ》いた小屋に住み、近よるものはだれもいない。乞食たちは町をうろつきまわり、犬とともに食い物をあさっている。あなたは、そのようなことをなくせましょうか？　あなたは癩者たちと寝床を共にできますか、乞食を食卓に誘えますか？　獅子を命令に従えさせられますか？　狂暴な猪をあなたの命令に従えさせられますか？　苦難をお作りになったお方が、あなたより賢くないというのですか？　あなたがなしたこのようなことで、どうしてあなたを褒《ほ》められましょうや。どうか宮殿にお帰りなされて、あなたのお顔を悦びで輝かせ、王にふさわしい衣服をお召しくだされ。さすればわたくしは、あなたに黄金の王冠を授け、真珠の王笏をあなたの手におわたしできまする。そしてあなたの夢については、もう二度とお考えめさるな。この世の重荷はひとりの人間が負うにはあまりに大きく、この世の悲しみはひとりの人間の心が耐えるには重すぎるのです」

「この館で、そなたはそのようなことをいうのか？」若き王はそういうと、つかつかと司教のかたわらを通りすぎ、祭壇にのぼっていき、キリストの像の前に立った。キリストの像の両脇には、それぞれ素晴らしい黄金の壺、黄色の葡萄酒を注いだ聖杯、聖油の入った硝子瓶《ガラスびん》が置かれていた。王はキリストの像の前に跪《ひざまず》いた。大きな蠟燭《ろうそく》が、宝石を飾った聖壇のかたわらであかあかと燃え、香の煙がうっすらと青い花輪のように渦巻きながら丸天井をのぼっていく。王が額《ぬか》づいて祈りをささげていると、厚手の法衣を着た僧たちは、祭壇の前からそっとはなれていった。

そのときにわかに外から騒がしい声が聞こえ、貴族たちが帽子の羽飾りを揺らしながら、抜身をかざし、磨いた鋼鉄の楯をかまえてどやどやと入ってきたのである。「あのような夢を見た者はどこにおる？」かれらは大声をあげた。「乞食同然のなりをした王は――わが王国に恥辱をもたらしたその若者はいったいどこにおる？　われらがきっとその者を成敗してくれるぞ、われらを統治するにふさわしくないやつだ」

若き王はふたたび頭を垂れて祈った。祈りがおわると王は立ち上がり、うしろを振り向いて、かれらを悲しげに見た。

すると見よ、彩色された窓より日光が射しこんで王を照らした。日の光は、王の身のまわりに紗《しゃ》のような衣を織りだし、それはかつて王を愉しませるために作られた衣服よりはるかに美しかった。枯れ木の杖に花が咲き、真珠より白い百合《ゆり》の花が開いた。干からびた茨に花が咲き、紅玉《ルビー》より紅い薔薇《ばら》の花が開いた。百合の花は極上の真珠より白く、その茎は輝く銀であった。薔薇の花は真紅の紅玉《メイル・ルビー》よりも紅く、その葉は薄く打ちのばした金だった。

王の礼服に身をつつんだ若き王が、そこに立っておられると、宝石を飾った聖櫃《せいひつ》の扉がふいに開き、燦然《さんぜん》と輝く聖体顕示台の水晶が、すばらしい神秘の光をはなったのである。王の礼服を召された王がそこに立っておられ、神の栄光があたりを満たし、壁龕《へきがん》にならぶ聖者たちが動いたように見えた。美しい礼服に身をつつんだ王が、それらの前に立つと、オルガンが音楽を奏し、トランペット奏者たちが、トランペットをいっせいに吹き鳴らし、聖歌隊の少年たちが歌った。

ひとびとは畏れおののき、跪いた。貴族たちは剣を鞘《さや》におさめ、臣従《しんじゅう》の礼をなし、司教の顔は青ざめ、その手は震えていた。「わたくしより偉大なるお方があなたさまに王冠を授けられました」司教は叫び、王の前に額《ぬか》づいた。

若き王は高い祭壇よりおりてこられ、居並ぶひとびとのあいだを通って王宮に向かわれた。だが王の顔を見る勇気のある者はひとりとしていなかった、それは天使のようなお顔だったからである。

王女《インファンタ》の誕生日

その日は王女《インファンタ》の御誕生日であった。御年《おんとし》わずか十二歳、陽光が王宮の庭園にさんさんと降りそそいでいた。

たしかにこれはまことの王女、スペイン王国のインファンタであられたが、御誕生日は年一度、それはたいそう貧しい者の子たちとまったく変わらない。それゆえインファンタのためにこの日をまたとない素晴らしい日にしてさしあげねばならぬというのが、とうぜん国じゅうの者たちに課せられた重責であった。たしかにこの日はこの上なく麗《うるわ》しい日であった。丈の高い縞模様のチューリップの花は、兵士の長い隊列のように茎の上に直立して並び、芝生《しばふ》の向こうの薔薇《ばら》たちを睥睨《へいげい》してこういった。「われわれも、いまやおまえたちと同じように堂々たるものだ」紫色の蝶《ちょう》たちが、金色の粉をまぶした羽をひらひらさせながら、あたりの花々をつぎつぎに訪れている。かわいい蜥蜴《とかげ》たちが壁の割れ目から這いだしてきて、まばゆい白光のもとで気持ちよさそうに寝そべっている。柘榴《ざくろ》の実は暑気のためにはじけ、血のように赤い心臓をのぞかせている。朽《く》ちかけた棚の上から薄暗い歩廊にかけてたわわに実っている薄黄色のレモンさえも、まばゆい日光のおかげでたいそう色鮮やかに輝いていた。そして木蓮《もくれん》は、折り重ねた象牙をおもわせる球状の大きな花を開いて、濃厚な甘い香りをあたりにただよわせている。

愛らしいインファンタは、お供のものといっしょに段庭《テラス》を上がったり下りたり、石《いし》甕《がめ》や苔《こけ》の生えた古い石像のあいだで隠れんぼをして遊んでおられる。ふだんの日には、同じ身分の子たちと遊ぶことしか許されないので、いつもおひとりで遊んでおられたが、御誕生日ばかりは特別にインファンタのお好きな友人を招いて遊ぶようにと父王は命じておられた。ひそやかに歩を運ぶほっそりしたスペインの子どもたちには、品位ある優雅さがそなわっている。少年たちは羽毛を飾った大きな帽子をかぶり、短いケープをはおり、少女たちは長い紋織の衣裳の裾を軽くつまんで、黒と銀色の扇で日射しから目を守っている。インファンタはだれよりも優雅で、だれよりも品のよいお衣裳をお召しになっておられたが、そのお衣裳は、当時の重苦しい様式に従ったものであった。お召しになっているのは灰色の繻子地《しゅすじ》で仕立てられたもの、スカートとふっくらした大きな袖には分厚く銀の刺繍《ししゅう》がほどこされ、堅くしまった上衣には美しい真珠がびっしりと縫いつけられている。薄紅色の大きな薔薇飾りをつけたかわいい上靴が、歩かれるたびにお衣裳の下からのぞく。大きな紗《しゃ》の扇は薄紅色と真珠色だった。インファンタの青白い小さなお顔をうっすらとした金色の光輪のようにかこんでいる御髪《おぐし》には、美しい白薔薇が一輪飾られていた。

鬱々《うつうつ》とされている王が、王宮の窓からその子らを見つめておられる。王の背後には、弟君でありながら憎んでおられるアラゴンのドン・ペドロが立ち、聴罪司祭《ちょうざいし》であるグラナダの宗教裁判所長が王のかたわらにすわっている。王はふだんよりいっそう悲しげなお顔をしておられた。というのも、並いる廷臣《ていしん》たちに幼いながら沈着に会釈をなさっているインファンタをごらんになり、いつもおそばに控えているアルブケルケの厳《いか》めしい公爵夫人を扇のかげで笑っているインファンタの様子をごらんになっていると、王女の母君であった若き王妃のことがどうしても思い出されてならないのである。つい先ごろ——と王には思えるのだが——若き王妃はフランスという陽気な国からお輿入《こしい》れになり、スペインの宮廷の陰鬱な壮麗さのなかでみるみる衰えてしまわれ、お子の御誕生のほんの半年後に亡くなられ、アーモンドの花が果樹園で二度目に咲くところもごらんにならず、いまは草が生い茂る中庭のまんなかに立つ節こぶだらけの無花果《いちじく》の老木から、二年目の実をとられることもなかったのである。王妃によせる王の愛情はそれは深く、王妃を自分の目から隠してしまう墓すらだまんならなかった。王妃の御遺骸《ごいがい》はムーア人の医者の手で防腐処理がほどこされた。この医者はすでに異端者・魔術師という嫌疑で宗教裁判所より死罪を申しつけられていたが、この仕事の報償として助命されたという。王妃の御遺骸《ごいがい》は、いまも、王宮の黒大理石で築かれた礼拝堂の綴れ織りでおおわれた棺台の上に横たえられている。ほぼ十二年前の風の吹きすさぶ三月、修道士たちがお運びしたときのままである。月に一度、王は黒いマントをまとわれ、覆いをかけた角灯を手に礼拝堂にお入りになり、王妃の御遺骸《ごいがい》のかたわらに跪《ひざまず》き、「わが妃《ミ・レイナ》よ！　わが妃《ミ・レイナ》よ！」と叫ばれ、ときには身を苛《さいな》む悲しみのあまり、スペインにおいては生活上のあらゆる行動を律する正式な礼法、王の悲しみさえ制限する礼法を破り、宝石で飾られた王妃の冷たい手をつかまれ、化粧をされた冷たいお顔に狂ったように接吻《せっぷん》されて、王妃の目を覚まそうとなさるのであった。

きょうはフォンテーヌブローの城ではじめて会われたあの日の王妃をふたたび見る

ようなお心もちであった。あの日、王はわずか十五歳、王妃はさらにお若くていらした。あのときフランス王をはじめとするすべての廷臣の前で、ローマ教皇大使によっておふたりは御婚約あそばされた。そして王は、黄色い巻き毛をひと房と、王が馬車に乗られる折りに身をかがめて王の手に接吻なされた幼い唇の感触をたずさえてエル・エスコリアル宮殿へお戻りになられたのである。その後、両国の国境いの小さな町、ブルゴスで急ぎ御婚儀を挙げられ、お二方は堂々とマドリードにお入りになり、同時にラ・アトチャの教会では恒例の荘厳ミサがとりおこなわれた。そしてふだんより厳しい宗教裁判所の火刑判決が下され、多くのイギリス人をふくむおよそ三百人もの異端者の刑の執行は、聖職者ではない俗権に委ねられたのであった。

たしかに王は狂おしいほどに王妃を愛しておられ、折りしも新世界アメリカを手に入れんがためイギリスと戦いを交えていた王国は、このままでは滅びるのではないかと多くのひとびとが憂えていた。王は、王妃がおそばをはなれることを許されなかった。王妃のために、王は王国の由々しき問題を忘れておられたか、あるいは忘れておられるように見えた。『情熱』はその僕《しもべ》を容赦なく無分別にしてしまうものだが、王妃をひたすらよろこばせようと王が行なう細やかな儀式が、王妃を悩ます奇妙な病をますます悪化させていることに、王はお気づきにならなかったのである。王妃が亡くなられると、王はしばらくのあいだ理性を失われた者のようになられた。このままでは王は正式に退位なされて、これまで名ばかりの副僧院長をつとめておられたグラナダのトラピスト大僧院に逼塞《ひっそく》なされたであろうことは疑いなかった、もしかわいいインファンタを、弟君の手に委ねていくことを案じられなかったらである。弟君はスペインにおいてさえ、残忍な君として悪名高く、王妃の死をもたらしたのは、ほかならぬ弟君ではないかと、つまり王妃のアラゴン城ご訪問の折りに、毒を塗った手袋を贈ってその死を謀《はか》ったのではないかと多くの者が疑っていた。王命により全領地に課した三年間の喪が明けてからも、王は、国務大臣たちが新たな御縁組をもちだすことをお許しにならず、神聖ローマ皇帝おんみずから使者を遣わされ、姪御にあたるボヘミアの美しい皇女との御婚姻を申し出られたのに、王は大使に向かって皇帝にこうお伝えするよう申しつけたのである。スペイン王は、すでに『悲嘆』と結婚し、その女人《にょにん》は子をなさぬ花嫁であるが、『美』よりその女人を愛していると。この御返答によって、王はオランダの肥沃な地域を失うことになった、というのはそこではまもなくローマ皇帝の煽動《せんどう》により改革派教会のある狂信者たちの一隊が王に反旗を翻《ひるがえ》したからである。

きょう段庭《テラス》で遊んでいるインファンタを見守るうちに、火のように燃える悦びに彩られた、そしてにわかの終焉《しゅうえん》によって激しい苦痛に苛《さいな》まれたあの結婚生活が、王の脳裏に甦ってきたのである。インファンタの、愛らしいすね方も、つんと顎《あご》をあげる勝気なしぐさも、気品ある曲線を描く美しい口もとも、そしてときどき窓のほうをちらりと見上げるときにうかべる素晴らしい微笑――まさにほんもののフランスの微笑《ヴレ・スリール・ド・フランス》も、堂々たるスペインの貴紳方の接吻を受けようと小さな手をさしのべるしぐさも、すべてが王妃をしのばせるものであった。だが子どもたちの甲高い笑い声が、王には耳ざわりであったし、容赦なく照りつける明るい陽光は、王の悲しみを嘲笑い、そして防腐処理をほどこす者が用いる奇妙な香料のかすかな匂いが――それとも思い過ごしであろうか――清涼な朝の空気を汚しているように思われた。王は両手に顔を埋められた。インファンタがふたたび見上げたときには、窓掛けが引かれ、王は窓辺を立ち去っておられたのである。

インファンタはがっかりなさって、ちょっとふくれ面《つら》になり肩をすくめられた。わたくしのお誕生日にはいっしょにいてくださってもよさそうなものなのに。ばかばかしい国事がそんなに大事なの？　それともあの薄暗いお堂にいらっしゃったのかしら？　あそこにはいつもたくさんの蠟燭《ろうそく》が灯っていて、わたくしはなかに入ることを決して許されない。お父上はなんてお馬鹿さんなのかしら、お日さまがさんさんと照っていて、みんな、とても幸せなのに！　それにお父上は、もうトランペットが吹き鳴らされている模擬闘牛だって見損なってしまわれる、人形芝居やほかの素晴らしい見ものもあるのに。叔父さまや宗教裁判所長のほうがずっと賢い。段庭《テラス》に出ていらして、丁寧にご挨拶なさった。だからインファンタはかわいい顎をつんと上げて、叔父上のドン・ペドロと手をつないで階段をおり、庭園のはしのほうに張られた紫色の絹の大天幕に向かってゆっくりと歩を運び、ほかの子たちは厳しい序列にしたがい、いちばん長い名前の者を先頭に立ててそのあとにつづいた。

闘牛士の素晴らしい衣裳で身をつつんだ貴族の少年たちの行列が、インファンタを迎えるためにあらわれる。ティエラ・ヌエヴァの若き伯爵、年のころは十四歳ほどの眉目秀麗《びもくしゅうれい》な少年が、スペインの生まれながらの小貴族にして大公《グランディー》の優雅なしぐさで帽子をとり、インファンタを恭《うやうや》しく、闘技場の上方にしつらえられた台座におかれた金箔張りの象牙の小さな椅子へとご案内申し上げる。子どもたちはほうぼうにかたまりあってすわり、大きな扇をぱたぱたさせながら囁《ささや》きあっている。ドン・ペドロと宗教裁判所長は入り口に立って談笑している。公爵夫人——女王付女官長《カメレラ・マヨル》と呼ばれている——は黄色の襞襟《ひだえり》をつけた痩身のいかつい顔の婦人だが、いつもほどには不機嫌な面持ちではなく、ひんやりとした笑みのようなものが皺《しわ》のよった顔をよぎり、血の気のない薄い唇をひきつらせていた。

まことに素晴らしい闘牛で、インファンタは、パルマの公爵がお父上を訪問した折りに、セビリアまで見にいった本物の闘牛よりはるかに素晴らしいとおもわれた。少年たちのある者は、華やかな馬飾りをつけた棒馬にまたがり、ふんぞりかえって、鮮やかな飾りリボンのついた長い投槍《なげやり》をふりまわしている。ほかの者たちは徒歩で、真紅のマントを牡牛《おうし》の前でふりまわし、牡牛が突進してくると、柵を軽々と跳びこえる。牡牛そのものは、柳細工に獣皮をかぶせただけのものだが、ほんものそっくりで、ときどき後ろ足で立ったまま一気に闘技場を走りまわる。ほんものの牡牛ならそんなことをやろうとは夢にもおもうまい。牡牛は素晴らしい闘いを演じてみせ、子どもたちは興奮のあまりベンチに立ち上がって、レースのハンカチをふりまわしながら叫ぶ。

ブラボー、牡牛《トロ》！　ブラボー、牡牛《トロ》！　と、まるで大人のような気のきいたかけ声をかける。とはいうものの、何頭かの棒馬が何度も角《つの》で突き刺され、乗り手は馬から転げおちるという長い闘いがおわると、ティエラ・ヌエヴァの若き伯爵は、牡牛を膝で押さえつけ、とどめの一撃を与えるお許しをインファンタからいただき、その木刀を牡牛の首に思い切り突き刺したので、その頭が転げおち、そこにマドリードのフランス大使の令息、小さなロレーヌ公の笑う顔があらわれたのである。

闘技場は大喝采のうちに取り片づけられ、死んだ棒馬たちは、黄色と黒のお仕着せを着たムーア人のふたりの小姓の手によって恭しく引きずり去られた。それから短い幕間《まくあい》の余興が演じられた。フランスの軽業師《かるわざし》が綱渡りを披露し、イタリアの操り人形芝居が、カルタゴの将軍の娘ソフォニスバの準古典的悲劇を、そのためにしつらえられた小劇場の舞台で演じた。人形はたいそう巧みに演じ、そのしぐさがいかにも真にせまっていたので、芝居がおわるころには、インファンタの目は涙ですっかりぼやけていた。子どもたちのなかにはほんとうに泣きだすものもいて、砂糖菓子で慰めてやらねばならず、さらに宗教裁判所長すらたいそう胸を打たれ、木片と彩色された蠟《ろう》でできているものが、針金で機械的に動かされているものが、これほど不幸になり、これほど恐ろしい不運にあうとは耐えがたいことよと、ドン・ペドロにいわずにはいられなかったのである。

つぎにアフリカの奇術師が、赤い布をかけた大きな平たい籠《かご》をもって登場し、闘技場の中央にそれを据え、ターバンのなかから奇妙な葦笛をとりだして吹きはじめた。ほどなくその赤い布がうごきはじめ、笛がいっそう甲高い音を鳴りひびかせると、緑色と金色の蛇が二匹、楔形《くさびがた》の奇妙な頭をだし、ゆっくりと立ちあがり、植物が水中でゆらゆらと揺れるように、楽の音《ね》に合わせてゆらゆらと揺れた。子どもたちはその斑点のある扁平にひろがった頭や、さっと出される舌がこわい様子だったが、奇術師が、砂上に小さなオレンジの木を生やし、美しい白い花を咲かせ、ほんものの実をたくさんぶらさげてみせると、大喜びした。またラス‐トレス侯爵のかわいい令嬢の扇をとり、それを青い鳥に変え、それが天幕のなかを飛びまわって歌をうたうと、子どもたちは目をみはり大喝采だった。柱上の聖母《ヌエストラ・セニョーラ・デル・ピラール》聖堂の舞踏隊の少年たちが踊った厳かなメヌエットも素晴らしかった。インファンタは、毎年五月の季節に聖処女を讃えて中央祭壇で行なわれるこの素晴らしい儀式をこれまでごらんになったことがなかった。そしてイギリスのエリザベス女王から賄賂《わいろ》を受けとっているといわれる乱心した司祭が、アストゥリアスの王子に毒入りの聖餅《せいへい》をあたえようと謀った事件があってからは、スペインの王室の方々はひとりとしてサラゴサのこの大聖堂に入ることはなかったのである。それゆえインファンタは、「われらが聖母の踊り」と呼ばれる踊りを話に聞いたことしかなかったのだが、それはたしかに美しい舞いだった。少年たちは白い天鵞絨《ビロード》の古めかしい宮廷服を着《ちゃく》し、その奇妙な三角形の帽子は銀の房で縁どられ、駝鳥《だちょう》の大きな羽がてっぺんに飾られ、陽光のもとで少年たちが動きまわると、衣裳の眩《まばゆ》い白さが、その浅黒い顔と黒く長い髪によっていっそう鮮やかに映える。複雑な形を描いて踊る少年たちの重々しい威厳や、ゆったりとした舞いの手の精妙な優雅さや、堂々とした拝礼の姿に、だれしもがすっかり心を奪われた。少年たちが演技を終え、インファンタに向かって、大きな羽飾りのついた帽子を脱いだとき、インファンタは、かれらの崇敬の礼にきわめて丁重にお応えになり、このような慰めを自分におあたえくださった柱上の聖母聖堂に大蠟燭《ろうそく》を献上する誓いをおたてになったのである。

端正な顔だちのエジプト人――当時はロマがこう呼ばれていた――の一隊は闘技場に入ってくると、車座になって足を組み、ツィターをしずかに爪弾《つまび》きながら、その調べに合わせて体をゆらし、ひそやかに、夢みるようにハミングするのであった。かれらはドン・ペドロの姿を見つけると、かれを睨みつけ、あるものは怯《おび》えたような顔をした。なにしろほんの数週間前に、かれらの種族の者がふたり、セビリアの市場で魔術を行なったかどで、かれによって絞首刑に処せられたのである。だが美しいインファンタが、椅子《いす》の背によりかかり、大きな青い目を扇のかげからのぞかせているさまは、かれらの心をうばい、このような愛らしいお方は、決して残酷なことはなさるまいとおもったのだった。そこでかれらは、ふたたびツィターをやさしくかきならしはじめたが、先の尖った長い爪が弦に触れるだけ、やがて居眠りしているかのようにこくりこくりと首をうごかしはじめる。とつじょ甲高い叫びがあがったので、子どもたちはおどろき、ドン・ペドロの手は短剣の瑪瑙《めのう》の柄頭《つかがしら》をつかんだが、かれらはただ跳び上がり、タンバリンを叩きながら勢いよく場内をめぐり、激しい恋の歌を喉声《のどごえ》の奇妙な言葉で歌うのだった。それからまた別の合図でふたたび地面に身を投げだし、そのままじっと横たわり、ものうげにかき鳴らされるツィターの音だけが、しじまを破っていた。何度かこれがくりかえされたあと、しばらく姿が消えたかと思うと、鎖をつけた毛むくじゃらの茶色の熊とともに戻ってきたが、かれらの肩にはバーバリ地方に棲む小さな猿がのっていた。熊はいとも重々しい様子で逆立ちをし、萎《しな》びたような猿たちは、主人とおぼしきふたりのエジプト人の少年といっしょにさまざまな曲芸を披露し、小さな刀をかざして立ちまわりをしたり、鉄砲を撃ってみせたり、近衛兵たちのような正規の兵士の教練をひととおりやってみせた。こうしてエジプト人たちの出し物は大成功をおさめたのである。

しかしこの朝の余興のなかでもっともおかしかったのは、まぎれもなく小さな侏儒《こびと》の踊りであった。転げるように闘技場に入ってくると、曲がった脚でよたよた歩きながら、大きく不格好な頭を左右に振るさまを見た子どもたちは歓声をあげ、インファンタもたいそうお笑いになったので、あの女官長も、インファンタにこうご注意あそばさぬわけにはいかなかった。スペインには、王のご息女が身分の同じ者の前で泣いたという例はいくらもあるけれども、王の血をひく姫君が卑しい生まれの者たちの前でこのように大笑いなされた例はいまだかつてございませぬと。そうはいってもこの侏儒には抗しがたい魅力があった。怪奇なものに典雅な情熱を抱くことでつとに名高いスペインの王室でさえ、これほど奇異な侏儒は見たことがないのである。かれにしても人前に出るのはきょうがはじめてだった。たまたま前日、森のなかを野生の獣のように走りまわっているところを、この町をかこむようにひろがるコルクの木《ライトネリア》の大きな森の奥で狩りをしていたふたりの貴族によって発見され、インファンタへの思いがけぬ贈り物として、宮殿に連れてこられたのである。侏儒の父親は、貧しい炭焼きで、こんな役にも立たぬ醜い子を追い払えるとおおよろこびだった。おそらくこの子のすこぶる滑稽《こっけい》なところは、自分の奇怪な外見にまったく気づいていないことだろう。見るからにとても幸せそうで、元気潑剌《はつらつ》としていた。子どもたちが笑うと、同じようにげらげらと笑い、踊りがおわるたびに子どもたちに向かって滑稽なおじぎをし、まるで自分もその子どもたちの仲間であるかのように、笑いかけたりうなずいたりして、自分が、造物主のほんの気まぐれで、ひとびとの嘲りの対象にと造られた不格好な侏儒だとはゆめゆめおもっていなかったのである。インファンタはというと、もうすっかり侏儒の心をとりこにしていた。かれはインファンタから目をそらすことができず、インファンタひとりのために踊っているような気分だった。そして踊りがおわったとき、インファンタは、宮廷の貴婦人たちが、かの有名なイタリアのソプラノ歌手カファレリに、その甘い歌声で王の憂鬱《ゆううつ》を癒やすべくローマ教皇がご自分の教会からマドリードへとお遣わしになったあの歌手に、花束を投げたことを思い出され、御髪《おぐし》にさしてあった美しい白薔薇《しろばら》をとると、ほんのお戯《たわむ》れに、そして女官長をからかうおつもりで、たいそうかわいい笑みをうかべられ、それを闘技場の侏儒に向かって投げたのである。かれはこれを大真面目に受けとり、片手を胸にあて、がさがさと荒れたくちびるにその花を押しつけ、インファンタの前で片膝をつき、口が裂けるかとおもわれるほどの大きな笑みをうかべたが、その小さな目は喜びのあまりきらきらと輝いていた。

これをごらんになったインファンタはまったく威厳をなくされ、侏儒が闘技場から走りさったあとも長いこと笑いくずれておられ、あの踊りをもう一度すぐに見たいと叔父君にせがんだのである。だが女官長は、日ざしが暑すぎるという理由で、インファンタはすぐにも王宮にお戻りなさるほうがよかろうと決めたのであった。王宮にはすでに素晴らしい馳走《ちそう》の用意が整い、そのなかにはインファンタの頭文字を赤い砂糖で一面に描いたほんものの御誕生日のケーキもあり、ケーキのてっぺんには美しい銀色の旗がはためいていた。そこでインファンタは威儀を正して立ち上がると、午睡《シエスタ》のお時間がおわったら、わたくしの前でまた踊るように侏儒に伝えよと命じられ、それから、ティエラ・ヌエヴァの若き伯爵に、たいそう魅力的なおもてなしをありがとうと伝えたのち、ご自身の居室にお戻りになられ、子どもたちも来たときとまったく同じ順序に並んでそのあとに従ったのである。

インファンタの前でふたたび踊ることになったと侏儒が聞いたとき、それもインファンタじきじきの特別のお達しと聞くと、もう鼻高々になり、庭園に駆けこむと、嬉しさのあまり愚かしくも恍惚《こうこつ》となって、あの白薔薇に口づけをし、見るもぶざまな所作《しょさ》でそのよろこびをあらわしたのである。

花たちは、侏儒が自分たちの美しい家に押し入ってきたことにいたく憤慨した。小道をぴょんぴょん跳ねまわりながら、両手を頭の上でぶざまに振っているかれを見ると、もう我慢ならなかった。

「これほど醜いやつが、わたしたちのいる場所で遊ぶなど、もってのほかだ」チューリップが叫んだ。

「罌粟《けし》の汁でも飲んで、何千年でも眠るがいいんだ」大きな緋色の百合《ゆり》がいった。かれらはほんとうにいきりたっていた。

「なんと醜悪なやつだ！」仙人掌《サボテン》が金切り声をあげる。「いったいなんで、やつの体はねじれまがって、ずんぐりなんだ。あの頭は脚とまったく釣り合いがとれていない。やつを見ていると体じゅうがちくちくするよ。もしそばにやってきたら、おれの棘《とげ》でさしてやろう」

「あいつときたら、わたしのいちばん美しい花をとったのよ」白い薔薇《ばら》の木がいきりたった。「けさ、お誕生日の贈り物にあの花をインファンタにさしあげたのに、あいつときたらインファンタからとりあげたんだから」そして薔薇の木は大声でわめいた。「どろぼう、どろぼう、どろぼう！」と精一杯の大声で。

ふだんは上品ぶることもなく、貧しい親類が大勢いるという赤いゼラニウムでさえ、侏儒を見たときは、忌まわしさに竦《すく》みあがった。菫《すみれ》たちがおずおずと、あのひとはたしかにたいそう醜男《ぶおとこ》だけれども、それは本人にはどうしようもないことなんですよといったときには、みんな口々に、それがやつの第一の欠点だと、やつの醜さはどうにもならないものだからといって、そいつを褒めなきゃならない理由にはならないと、正々堂々と切り返した。そしてたしかに、菫たちのなかにも、侏儒が醜さをひけらかしているように思うものもいて、あんなふうに陽気に跳ねまわったり、あんな滑稽で愚かしい真似をせずに悲しげな顔をするとか、せめてものおもわしげな表情をうかべていたならば、もっとましに見えるだろうにとおもってはいたのである。

きわめてすぐれた存在であり、誰あろうカール五世陛下に一日の時刻《じこく》をお知らせ申し上げていた古い日時計は、侏儒の容姿に仰天し、まるまる二分間、その長い影のような指で時を刻《きざ》むのを忘れそうになり、欄干の上で日を浴びていた乳白色の大きな孔《く》雀《じゃく》におもわずこういってしまったのである。王のお子は王で、炭焼きの子は炭焼きで、そうではないふりをするのはばかげているぐらい誰でも知っておるさ、と。この言葉に孔雀はまったく同感で、「ごもっとも、ごもっとも」としゃがれた大声で叫んだものだから、涼しげな噴水があがっている池にすむ金魚が、水から頭を出して、大きな石の半人半魚神《トリトン》にいったい何事が起きたのですかと尋ねていた。

だがどうやら鳥たちは侏儒が好きだった。森のなかでその姿をちょくちょく見かけていた。小さな妖精のように、うずまく落ち葉を追って踊ったり、樫の古木のうろにうずくまって木の実を栗鼠《りす》たちとわけあっているさまを。鳥たちは侏儒の醜さをいっこうに気にしなかった。オレンジの木の茂みで夜中に甘い声で歌い、ときには月が身をのりだしてその歌を聞くというあの小夜啼き鳥《さよなきどり》だって、見るべきほどの姿ではないのだから。それにかれは鳥たちには親切だったし、あの厳しい冬のあいだ、木の実もすっかりなくなり、地面が鉄のように硬く凍てつき、狼たちが、食べ物を求めて城門のすぐ近くまでやってくるようになっても、侏儒は一度たりと鳥たちのことを忘れたことはなく、自分の小さな黒パンのかけらを鳥たちに分けあたえ、どんなに貧しい朝食でも必ず鳥たちと分けあった。

だから鳥たちは侏儒のまわりを飛びまわり、たがいに囀《さえず》りあいながら、羽の先でかれの頬に触れるのだった。侏儒はとてもうれしくて、鳥たちにあの美しい白薔薇の花を見せては、かれを愛しておられるからインファンタは自らの手でこれを下さったのだと、話さずにはいられなかった。

鳥たちは、かれの言葉はまるでわからなかったけれど、それはどうでもよいことで、ただ首をかしげて、わかっているようなふりをした。これはものごとがわかっているということとまったく同じで、こうするほうがずっとたやすかった。

蜥蜴《とかげ》も同じように侏儒をとても気に入っていた。かれが走るのに疲れ、芝生の上に仰向けにひっくり返っていると、蜥蜴たちはかれの体の上で飛んだり跳ねたりして、できるかぎりかれを愉しませようとするのだった。「だれもが、蜥蜴みたいに美しくなれるわけじゃないんだ」蜥蜴たちは大声をはりあげた。「それはないものねだりというものさ。それにこんなことをいうとばかげていると思うかもしれないが、かれはほんとうはそれほど醜くはないんだよ、もちろん、目をつぶって、かれを見ないようにすればね」蜥蜴たちは生まれつきしごく哲学的な生きものなので、ときどき何時間もすわったまま考えこんでいるのである。ほかになにもやることがないときや、雨ばかり降っていて外に出られないようなときにはだが。

しかしながら花たちは、蜥蜴たちの態度を、そして鳥たちの態度もたいそう忌み嫌っていた。「まったくなあ」と花たちはいった。「あんなふうにばたばた走りまわったり飛びまわったりするのは、品位をおとすだけだよ。育ちのいいものは、わたしらのように、同じところにじっとすわっているものさ。わたしたちが小道をぴょんぴょん跳ねまわったり、蜻蛉《とんぼ》を追いかけて芝生を勢いよく走っているところを、見たものはあるまい。わたしたちは気分を変えたいと思えば、庭師を呼ぶ、庭師が別の花壇に連れていってくれるのさ。これこそ品位ある振る舞いで、そうあるべきなんだよ。だが鳥や蜥蜴には静寂を愛する心がない、そもそも鳥たちには、一生定まった住所というものがないのさ。やつらはロマみたいな放浪者なんだから、ロマと同じに扱われてとうぜんだね」そういうと花たちはつんと鼻先を宙に突きだし、いかにも傲慢《ごうまん》そうな面《つら》つきになったが、しばらくして、侏儒が芝生からよたよたと起き上がり、段庭《テラス》を横切って、宮殿のほうにいくのを見ると大よろこびだった。

「あんなやつは寿命がつきるまで部屋のなかに閉じ込めておくべきだ」花たちはいった。「あの曲がった背中をごらん、ねじまがった脚をごらん」花たちはくすくすと笑いだした。

だが侏儒はこんなことはなにひとつ知らなかった。かれは鳥や蜥蜴たちが大好きだし、花は、この世でいちばん素晴らしいものだとおもっている。むろんインファンタは別だ、あのひとは美しい白薔薇をくれたし、おれを愛している、そこがたいへんなちがいだった。あのひととといっしょに戻ればよかったと侏儒はくやんだ！　あのひとはおれをちゃんと自分の右側においてくれて、微笑みかけてくれるだろう。自分はもう決してそばをはなれず、あのひとを遊び友だちにして、いろんな面白い芸当も教えてあげよう。これまで王宮に入ったことはないけれど、おれだって素晴らしいことはどっさり知っているんだ。蟋蟀《こおろぎ》がなかでうたえるような小さな籠を藺草《いぐさ》で作ることもできるし、牧神がその音《ね》を聞きたがる笛を真竹で作ることもできるしね。鳥たちの鳴き声はみんな聞き分けられるし、木のてっぺんにいる椋鳥《むくどり》に呼びかけることも、池にいる五位鷺《ごいさぎ》に呼びかけることもできる。獣たちの通り道はぜんぶ知っているし、うっすらした足跡をたよりに野兎《のうさぎ》を追うこともできるし、踏みつけられた落葉をたよりに猪を追うことだってできるんだ。風の踊りはなんでも知っているし、秋といっしょに赤い衣裳でおどる狂おしい踊りも、青い草履《ぞうり》をはいて穀草を踏んでおどる軽やかな踊りも、冬になると白い雪の冠をかぶっておどる踊りも、春に果樹園でおどる花の踊りも知っている。森鳩がどこに巣を作るか知っているし、鳥猟師が罠をしかけて親鳥を捕まえたときは、残された雛鳥《ひな》を拾って、刈り込んだ楡《にれ》の木の割れ目に小舎をこしらえてやった。雛鳥たちはとてもおとなしくて毎朝おれの手から餌をついばんだ。あのひともきっと雛鳥たちが好きになるだろう。それから、背の高い羊歯《しだ》のあいだを走りまわる兎たちも、鋼《はがね》のような羽と黒い嘴《くちばし》をもつ懸巣《かけす》も、棘《とげ》だらけの玉のように丸まってしまう針鼠《はりねずみ》も、ゆっくりと這いずりまわって首をふりふり若葉を少しずつかじっている賢い大亀も。そうだ、あのひとは森にきて、おれといっしょにあそばなくちゃ。おれの小さな寝台に寝てもらって、おれは夜が明けるまで窓の外で張り番をして、あの角《つの》のある荒っぽい牛があのひとを襲わないように、不気味な狼たちが小屋のそばにしのんでこないように見張っていよう。そして夜が明けたら、鎧戸《よろいど》をたたいてあのひとの目を覚ましてあげよう、それからふたりで外に出て、一日じゅういっしょに踊るんだ。森のなかはちっとも淋しくなんかない。ときどき司教さまが白い騾《ら》馬《ば》に乗って色のついた書物を拾い読みしながら通っていくし。ときには緑色の天鵞絨《ビロード》の帽子をかぶって、鹿のなめし革でこしらえた上着を着た鷹匠が、頭覆いをかぶせた鷹を拳の上にのせて通りすぎることだってある。葡萄の収穫のころには、紫色になった手足に艶々《つやつや》した木蔦《きづた》を巻きつけた葡萄踏みたちが、雫《しずく》のしたたる葡萄酒の革袋をぶらさげてやってくる。炭焼きたちは、夜になると大きな火鉢をかこんで、乾いた丸太が火のなかでゆっくりと炭になるのを眺めながら、灰のなかに栗をうずめて焼くんだ。そうすると盗賊たちも洞穴から出てきていっしょに浮かれてさわぐんだ。あるときなんか、砂ぼこりの舞いあがる長い道を、美しく着飾った行列がトレドに向かって進んでいくのを見たこともある。修道僧たちが美しい歌をうたいながら先頭に立って、色鮮やかな旗や黄金の十字架を捧げもっていた。そのあとから銀色の鎧《よろい》をつけて、火縄銃や矛《ほこ》をかついだ兵士の一隊がつづいて、行列のまんなかでは、素晴らしい模様を描いた奇妙な黄色の服を着た三人のはだしの男が、火を灯した蠟燭《ろうそく》を捧げもっていた。ほんとに森のなかには見るものがたくさんあるんだ。そしてあのひとがくたびれたら、苔の生えた土手をみつけてあげるか、あのひとを両腕に抱えてあげるんだ、だっておれはたいそうな力持ちなんだから、背は高くはないけどさ。紅いブリオニアの実で首飾りを作ってあげよう、あのひとの服についている白い実みたいにきれいなんだから。それにも飽きてしまったら、そんなものは捨てちゃっていいんだ、ほかのものを探してあげるからさ。団栗《どんぐり》のへたや、露に濡れたアネモネをあげよう、それから小さな土《つち》蛍《ぼたる》をとってきて、薄い黄金色をした髪の毛に星みたいに飾ってあげよう。

だがあのひとはどこにいるのだろう？ 白薔薇に尋ねたが、返事をしてくれなかった。宮殿ぜんたいが眠っているようで、鎧戸が閉まっていないところには、重いカーテンが下ろされて照りつける日光を閉め出している。どこかなかに入っていけるところはないかとかれはそこらじゅう探しまわった、そしてとうとう開いている小さな秘密の扉を見つけた。そこをすりぬけると、立派な大広間に出た。そこは森よりも素晴らしいのではないかと心配になるほど立派で、いたるところが金色に光り輝いている。だがかし、床は色のついた大きな石が敷きつめられ、幾何学模様を作りだしている。だがかわいいインファンタはそこにもいなかった、ただ悲しげな生気のない目をして、唇に妙な笑いをうかべている白い見事な彫像たちが碧玉《へきぎょく》の台座からかれを見おろしているだけだった。

大広間の向こうはしに、見事な刺繡をほどこした黒い天鵞絨の垂れ幕が下がっているが、それは王さまのお好みの太陽や星が一面にちりばめられ、王さまがもっともお好きな色で縫い取りがされていた。あのひとはあの垂れ幕のうしろに隠れているのではないか？　とにかく調べてみようとかれはおもった。

そこでかれはそっと大広間を横ぎって垂れ幕を開けた。だめだ、そこはまた別の広間があるだけで、いま出てきた広間よりも美しかった。壁には、ひとや獣たちが群がっている狩猟の情景を念入りに刺繡針で仕上げた緑色の綴れ織りがかかっていたが、これはフランドルの芸術家たちが、作成に七年以上の歳月を費やしたものだった。ここはかつては、狂えるジャン《ジャン・ル・フ》と呼ばれた王の寝室だった。この王は狩猟に魅せられ、極度の興奮状態におちいると、大きな暴れ馬にまたがり、巨大な猟犬が飛びかかった雄鹿を引きずり倒し、喇叭《らっぱ》をたかだかと吹き鳴らして、逃げようとする青白い鹿に短剣を突き刺したものだった。この広間は、いまは会議室に使われており、中央のテーブルには、スペインの黄金のチューリップの紋章とハプスブルグ家の紋章が刻印された、大臣たちの赤い書類ばさみがおかれていた。

侏儒は驚いて周囲をぐるりと見まわし、なんだか先に進むのが怖くなった。林の長い道を物音ひとつたてず疾駆している奇妙な騎士たちは、炭焼きたちから聞かされていたあの恐ろしい怪物のように——夜にだけ狩りをし、人間にあうと、それを雌鹿に変えて追いかけるという怪物コンプラーチョスのようにおもわれた。でもあの美しいインファンタのことをおもって勇気を出した。ひとりでいるあのひとを見つけたいとおもった、自分もあなたを愛していると伝えたいとおもった。この向こうの部屋にいるかもしれない。

やわらかなムーア式の絨毯《じゅうたん》の上を走って扉を開けた。いない！　あのひとはここにもいない。部屋はからっぽだった。

そこは玉座の間《ま》で、王さまが、近ごろはめったにないことだが、外国の大使に謁見《えっけん》を許されるとき、その大使を迎えるための間だった。その昔、ヨーロッパのカトリック王国の元首であるイギリスの女王陛下と、王の長子との結婚のとりきめをするためやってきた大使が、この同じ広間に通された。壁掛けは金色に塗ったコルドバ革ででてきており、三百本の蠟燭が立つ枝をもつ金色の重たげなシャンデリアが黒と白に塗りわけられた天井から吊りさげられている。獅子やカスティーリャの塔が小粒の真珠で描かれている金色の布張りの巨大な天蓋《てんがい》の真下に玉座があり、それは、銀色のチューリップがちりばめられ銀と真珠の房飾りをつけた黒い天鵞絨の見事な布でおおわれている。玉座に上る二段目の場所に、インファンタが膝をおつきになる台がおかれ、銀糸の薄布でつくられたクッションがのせてあり、さらにその下の、天蓋におおわれていないところには、いかなる公の儀式においても、王の御前ですわることをただひとり許されているローマ教皇大使の椅子がおかれ、もつれあった緋色の房がついている枢機卿《すうききょう》の帽子が、その前にある紫色の小さな台の上にのっていた。玉座と向かい合った壁には、狩猟服を召されて大きなマスティフ犬をかたわらに従えたカール五世の等身大の肖像画がかかっており、オランダの臣従の礼を受けるフェリペ二世の画は、もう一方の壁の中央を占めている。窓と窓のあいだには、象牙の板をはめこんだ黒檀の飾り棚が並び、その象牙板には、ホルバインの『死の舞踏』に描かれた人物たちが刻まれていた――かの著名な巨匠自らの手になるものだともいわれた。

だが侏儒は、そのような豪華なものにはいっさい目をくれなかった。天蓋に縫いつけられた真珠をぜんぶくれるといっても、自分の薔薇を手放すつもりはなかったし、あの玉座とひきかえにといわれても、白い花びら一枚手放すつもりはなかっただろう。かれが望んでいたのは、インファンタが大天幕のところに下りていく前に会って、自分の踊りがおわったらいっしょにきてくださいとお願いすることだった。この宮殿は、空気が重苦しくて息が詰まりそうだけれど、森なら風は吹き抜けるし、日光が黄金の手をさまよわせ、震える木の葉をかきわけてくれる。森にだって花はいっぱいあるんだ。王宮の庭園に咲いている花ほど素晴らしい花ではないけれど、それでもたいそう甘い香りがする。早春にはヒアシンスが咲き、ひんやりと涼しい谷間や草の茂る丘に紫があふれて揺れる。樫《かし》の木の節こぶだらけの根っこのまわりにこぢんまりと身をよせあう黄色の桜草《さくらそう》。明るい色の草《くさ》の黄《おう》、青い鍬形草《くわがたそう》、薄紫と金色の菖蒲《あやめ》。榛《はしばみ》の木には灰色の花穂がつき、ジギタリスは蜂が出入りするまだら模様の花の重みでたれさがっている。栗の木は白い星形の尖塔をつけ、山査子《さんざし》は青ざめた月のように美しい。そうさ、おれがあのひとを見つけさえすれば、きっといっしょにきてくれる！　おれといっしょにあの美しい森にきてくれるとも、そしておれはひねもすあのひとをよろこばせるために踊るんだ。そうおもうと、微笑がその目を輝かせ、かれは次の間に入っていった。

どの広間より、これはいちばん輝かしく美しかった。四方の壁は、鳥の模様と銀色の優雅な花を散らした薄紅色のルッカのダマスク織りでおおわれている。調度は、どっしりとした銀製で、桜色の花冠がはなやかに飾られ、キューピッドたちがぶらさがっている。二つの大きな暖炉の前には、鸚鵡《おうむ》や孔雀《くじゃく》が刺繡された巨大な衝立《ついたて》がおかれ、床は、青みをおびた明るい緑の縞瑪瑙《しまめのう》で、それがはるかかなたまで広がっているように見える。そこにいるのはかれひとりではなかった。広間のいちばん奥にある扉のかげに立つと、自分をみつめている小さな人影が見えた。かれの心は打ちふるえ、喜びの叫びが口からとびだした、かれは陽光が射す場所に出ていった。かれといっしょにその人影も出てきたので、いまやそれははっきりと見えた。

インファンタ！　いや、それは怪物だった、かれがこれまで見たこともないような異様な怪物だった。ふつうのひとのようなまともな姿をしていない、背中は弓なりにまがり、脚はねじまがり、だらしなくかしいだ大きな頭に、たてがみのような黒い髪が生えている。侏儒が顔をしかめると怪物も顔をしかめた。かれが笑うと、そいつもいっしょに笑い、かれと同じように両手を腰にあてる。ばかていねいなおじぎをすると、そいつもていねいにおじぎを返す。かれがそいつに近づいていくと、そいつもこちらに近づいてくる、一歩一歩まるでそっくりな歩き方で、かれが止まるとそいつも止まる。かれは楽しくなって大声をあげ、前に走り出して手を伸ばすと、怪物の手が自分の手に触れたが、それは氷のように冷たかった。かれはだんだん怖くなり、手を横に動かすと、怪物の手もすばやくそれにならう。手をぎゅっと押しつけてみると、なにかすべすべした硬いものがかれの手をはばんだ。いまや怪物の顔はすぐそこにあり、その顔も怯えているように見えた。目にかぶさっている髪の毛をはらいのける。そいつも真似をする。そいつを叩くと、そいつも叩きかえしてくる。かれはそいつが厭《いと》わしかった、するとそいつも厭わしそうな顔をした。うしろに下がると、そいつも下がる。

いったいこれはなんだ? 一瞬考えこんで、あたりを見まわす。奇妙なことに、この水のような目に見えない壁のなかに、なにもかもが分身をもっているように見えた。そうだ、絵が二つあり、長椅子が二つある。扉のそばの壁龕《へきがん》に横たわる眠れる牧神にも、同じように眠る双子の兄弟がいる。陽光を浴びて立つ銀色のヴィーナス像もその両手を、同じように美しいヴィーナスにさしのべている。

こいつは『谺《こだま》』か? 谷間でいちど『谺』に呼びかけたことがある。『谺』は、かれの言葉をそっくりそのまま返してきた。『谺』は、目もまねることができるのか、声をまねしたように。にせの世界をほんものの世界そっくりに作れるのか。ものの影が、色や命や動きをもてるのか？　そんなことが果たして――？

かれははっとすると、自分の胸からあの美しい薔薇の花をとり、ふりむいてそれに口づけをした。怪物も自分の薔薇の花をもっていた、花びらに一枚一枚そっくりだ！　そいつも同じようにそれに口づけをし、ぞっとするような身振りでそれを胸に押しあてた。

ようやく真実を悟ったとき、かれは烈しい絶望の叫びをあげ床にうちふしてすすり泣いた。できそこないの、背中がまがった、見るもおぞましい奇怪ないきものはおれだった。おれ自身が怪物だったんだ、子どもたちが嘲笑っていたのはおれだったんだ。愛してくれているとおもっていたあのかわいいインファンタ――あのひとも、おれの醜さを嘲笑っていただけ、そしてねじまがったおれの脚をからかっていただけなんだ。どうして森のなかにほうっておいてはくれなかったんだ、こんな忌まわしい姿を映しだすものなんかないところに。父さんはどうしておれを殺してはくれなかった、おれを売って恥をかかせるくらいなら？　熱い涙が頬をつたい、かれは薔薇の花をおもいきりひきちぎってやった。手足をぶざまに投げ出した怪物も同じようにして薄い花びらを宙にまきちらした。そいつは床に這《は》いつくばり、かれがそいつを見ると、そいつは苦痛で顔をひきつらせてかれを見た。そいつを見なくてすむように、かれは両手で目をふさいで後じさりした。傷ついたもののようにかれは影のなかへ這いこむと、そこに横たわったまま、うめき声をあげた。

まさにそのとき、インファンタご自身がお仲間を連れて、開いた硝子《ガラス》扉から入ってこられた。醜い侏儒が床に横たわり、見るも恐ろしいしぐさをしながら、握りしめた両手で大仰に床を叩いているさまを見ると、みなが楽しそうな笑い声をあげてかれをとりかこみ、じっと見守った。

「このひとの踊りはおかしかったわね」インファンタが申された。「でもこのお芝居はもっとおかしい。まるで操り人形みたい、もちろん、あれほど自然ではないけれど」そういうとインファンタは大きな扇をひらひらさせて賞めそやした。

だが侏儒は決して顔をあげようとはせず、むせび泣きも次第にかすかになり、とつぜん奇妙なあえぎをもらすと、わき腹をぎゅっとつかんだ。そしてまた仰向けにひっくりかえって、それきり動かなくなった。

「お見事よ」インファンタは、しばらく間をおいてから申された。「さあ、これからわたくしのために踊りなさい」

「そうだ」子どもたちがいっせいに叫んだ。「立って踊るんだ、だっておまえはバーバリ猿みたいに賢くて、あれよりもっと滑稽なんだから」

だが侏儒は答えなかった。

するとインファンタは、足を踏みならして叔父上を呼ばれた。叔父上は侍従といっしょに段庭《テラス》を歩きながら、ごく最近、宗教裁判所が設けられたメキシコから届いたばかりの緊急文書を読んでいたのである。「わたくしのおかしな侏儒がすねているの」インファンタは叫ばれた。「起こして、わたくしのために踊るようにおっしゃって」

ふたりは笑みをかわし、ゆっくりと広間に入ってくると、ドン・ペドロがかがみこみ、刺繍をした手袋で侏儒の頬をたたいた。「踊らねばならんぞ」とかれはいった。「ちびの怪物《プティ・モンストル》め、踊らねばならん。スペインとインド諸国のインファンタが踊りをご所望なされておるのだぞ」

だが侏儒はぴくりとも動かなかった。

「鞭打ち役人を呼ばなくては」ドン・ペドロはうんざりしたようにいうと、段庭にもどっていった。だが侍従は深刻な表情で、侏儒のかたわらに膝をつくと、かれの心臓に手をあてた。かれはすぐさま肩をすくめて立ち上がり、インファンタに低く頭を下げ、こう申し上げた。

「わが麗しの王女《ミ・ベジャ・プリンセサ》さま、あなたさまのおかしな侏儒は二度と踊ることはできませぬ。まことに残念、これほど醜いのであれば、王さまも笑みをうかべたでありましょうに」

「でもなぜ、踊らないのです?」インファンタは笑いながらお尋ねになった。

「なぜかと申しますと、この者の心臓が破れてしまったからでございます」侍従は答えた。

するとインファンタは眉をひそめられ、あの薔薇の花びらのような優雅な唇をゆがめ、品よく侮蔑《ぶべつ》をうかべられた。「これからわたくしのところに遊びにくるものは、心臓などないものにしてちょうだい」インファンタはそう叫ぶなり庭園のほうに走っていかれたのである。

漁師とその魂

毎日、夕暮れになると、若い漁師は海に出て波間に網を投げた。風が陸地から吹くときは、まったく獲物がないか、せいぜい獲れてもほんのわずかであった。その風は黒い翼をもつ身を刺すような疾風で、それを迎えるかのように荒波が立ち上がる。しかし風が浜辺に向かって吹くときは、魚は深みから上がってきて漁師の網の目にもぐりこんでくる。かれはその魚を市場にもっていき売りさばいた。

毎日、夕暮れになると、かれは海に漕《こ》ぎだしたが、ある日のこと、手にした網がたいそう重く、なかなか舟の上に引き揚げることができなかった。かれは笑いながらこうおもった。「どうやらおれは、泳いでいる魚をぜんぶ捕らえたにちがいない、それともみんなが驚くようなうすのろの怪物か、女王さまがお望みになるような恐ろしい化け物がかかったのかもしれないな」漁師はあらんかぎりの力をふりしぼって荒縄をひっぱったので、その腕には、青銅の花瓶の面《おもて》をとりまく青いエナメルの筋のように太い血管が浮きだした。細い綱をたぐると、丸く平たい浮きがだんだん近よってきて、ついには網が水面にあらわれた。

だが網のなかに魚は一匹もいなかったし、怪物も恐ろしい化け物もいない、ぐっすりと眠っている小さな人魚がいただけだった。

人魚の髪の毛は、濡れた金色の羊毛のようで、その一本一本が、硝子《ガラス》の杯に入っているる純金の糸のようだった。その体は白い象牙のよう、尾鰭《おひれ》は銀と真珠でできているかに見えた。銀と真珠の人魚の尾鰭に緑色の海草がからみつき、その耳は貝殻のごとく、その唇は珊瑚《さんご》のようだった。冷たい波が人魚の冷たい胸に押しよせ、まぶたに塩がきらきらと光っていた。

それは美しい人魚だったので、若い漁師はそれを見て、うっとりとなった。片手を伸ばして網を引きよせ、舟べりに身をのりだすと人魚を両腕にしっかり抱きしめた。かれが手をふれたとき、人魚は驚いた鷗《かもめ》のような叫びを発して目をさまし、紫水晶をおもわせる目で怯えたようにかれを見つめ、その手から逃れようと身をもがいた。だが若い漁師はしっかりと抱きしめ、人魚をはなそうとはしなかった。

もはや逃れようがないとわかると、人魚はさめざめと泣きだした。「おねがいですから逃がしてください、わたしは王のひとり娘です、わたしの父は老人で、ひとりぼっちなのです」

だが若い漁師は答えた。「おれが呼ぶときはいつもここにきて歌ってくれると約束しないかぎり、はなしてやらない。魚は海の一族の歌をよろこんで聞きたがるから、おれの網はよってくる魚でいっぱいになるんだ」

「それをお約束すれば、ほんとうに逃がしてくれますね？」人魚は声をはりあげた。

「ほんとうに逃がしてあげるとも」若い漁師はいった。

そこで人魚は、漁師の望みどおりの約束をし、海の一族の宣誓として漁師に誓ったのである。そこで漁師がその腕をはなすと、人魚は異様な恐怖におののきながら海の底に沈んでいった。

毎日、夕暮れになると、若い漁師は海に出て人魚を呼んだ。すると人魚が海からあらわれ、彼に向かって歌をうたった。人魚のまわりをぐるぐると海豚《いるか》が泳ぎまわり、騒々しい鷗《かもめ》が人魚の頭上で輪をかいた。

人魚はそれは素晴らしい歌をうたった。魚の群れを洞窟から洞窟へと追い、その肩に海獣の子たちをのせていく海の一族の歌をうたい、長い緑色の髭を生やし毛深い胸をした半人半魚神《トリトン》が、王がお通りになるときは捩《ねじ》れた法螺貝《ほらがい》を吹くことや、すべてが琥珀造りで、屋根は澄んだ緑玉《エメラルド》、歩廊に輝く真珠を敷きつめた王の宮殿のことも歌った。そして繊細な金細工のような珊瑚の扇がひねもす揺れ、魚が銀色の鳥のようにすいすいと泳ぎまわり、磯巾着《いそぎんちゃく》が岩にしがみつき、波紋を連ねた黄色の砂浜に浜かんざしの新芽が生えている海の庭園のことも、鰭に尖った氷柱《つらら》をぶらさげて北の海からやってくる大きな鯨のことも、素晴らしい物語を歌う海の精《セイレン》のことも歌った。そばを通りかかる商人たちは、その声を聞いて海に飛びこんで溺れ死なぬように耳に蠟《ろう》を詰めこむのだという。高いマストをもつ沈没したガレー船のことも、索具にしがみついたまま凍りついてしまった船員たちのことも、開いている舷窓を出たり入ったりする鯖の群れのことも、船の龍骨にくっついて世界じゅうをいくたびも巡るという大いなる旅人の小さな藤壺《ふじつぼ》のことも、海の断崖の中腹に棲み長く黒い腕を伸ばしていつでも思うままに夜を招く烏賊《いか》のことも、蛋白石《オパール》でこしらえた小舟をそなえ、絹の帆でその舟を操る鸚鵡貝《おうむがい》のことも、竪琴《リュート》を奏でて巨大な海の怪物《クラーケン》をその魔力で眠らせてしまう幸せな男の人魚のことも。つるつるすべる鼠海豚《ねずみいるか》の背中にしがみついて、げらげら笑っている小さな子どもたちのことも。白い泡のなかに横たわって船員たちに腕をさしのべる人魚たちのことも、湾曲した牙をもつ海驢《あしか》のことも、口髭をゆらゆらさせる海象《セイウチ》のことも、人魚は歌った。

人魚が歌っていると、その歌声を聞きに深みから鮪《まぐろ》がぞろぞろあがってくるので、若い漁師は網を投げてそれを捕らえ、網で捕らえきれない魚は銛で突いて捕らえた。そして舟が魚でいっぱいになると、人魚は若い漁師に微笑《ほほえ》みかけながら海の底に沈んでいく。

それでも人魚は、漁師が触れられる近さには決してよってはこなかった。ときどき声をかけて、そばに来てくれと懇願しても近よろうとはしなかった。捕まえようとすると、海豹《あざらし》のように水中に飛びこんで、その日は二度と姿をあらわさなかった。人魚の声は日ましに耳に快くひびくようになった。その声があまりにも美しいので、若い漁師は網のことも、漁の腕のことも忘れ、商売のほうもおろそかになった。朱色の鰭と金色の丸い目をもつ鮪の群れが通りすぎていっても気にもしなかった。銛はかたわらにおかれたまま、柳細工の籠はからっぽだった。唇は開けたまま、目を潤ませて、ぼんやりと舟にすわって耳を澄ます。海霧があたりにたちこめ、さすらいの月が漁師の褐色の四肢を銀色で染めるまでじっと聞きいっていた。

そしてある日の夕暮れ、漁師は人魚に呼びかけた。「かわいい人魚よ、かわいい人魚よ、おれはおまえを愛している。どうかおまえの花婿にしておくれ、だっておまえを愛しているのだもの」

だが人魚は首をふった。「あなたは人間の魂をおもちです」人魚は答えた。「その魂を捨てておしまいになれば、わたしもあなたを愛することができましょう」

若い漁師はおもった。「おれの魂なんて、なんの役に立つ？　目にも見えないしな。触ることもできない。どんなものかもわからない。そんなものはさっさと捨ててしまおう。そうすればもっと素晴らしいものがおれのものになるんだ」歓喜の叫びが口もとではじけ、漁師は色塗りの舟の上で立ち上がり、人魚に向かって両腕をさしのべた。「おれの魂なんか捨てよう」彼は声をはりあげた。「そうしたらおまえはおれの花嫁になる、おれはおまえの花婿になり、海の底でいっしょに暮らせるんだ、そしてこれまでおまえが歌にして聞かせてくれたものをみんな見せておくれ、そしておまえが望んだことはすべておれがかなえてやるから、そうすれば、おれたちは別れて暮らさずにすむんだよ」

するとかわいい人魚はうれしそうに笑って、両手に顔を埋めた。

「だがどうすれば魂を捨てることができるのだろう?」若い漁師は叫んだ。「どうしたらよいか教えておくれ、そうすれば、ああ! かならず捨ててみせるよ」

「悲しいことに! わたしは知らないのです」かわいい人魚はいった。「海の一族には魂というものがありませんから」人魚は悲しそうに漁師を見つめ、深い海の底に沈んでいった。

さて次の日の朝早く、太陽が丘の上に人間の片手をひろげたほどにも昇らぬうちに、若い漁師は司祭の家にいき、その扉を三度たたいた。

見習い修道士がくぐり戸から顔をのぞかせ、相手の姿を見ると、扉のかけ金を上げ、「お入り」といった。

若い漁師はくぐり戸を入り、甘い香りのする藺草《いぐさ》を敷きつめた床の上に跪《ひざまず》き、聖書を読んでおられた司祭に向かって大声で話しかけた。「神父さま、おれは海の一族のひとりに恋をしています。おれの願いをかなえるには、おれの魂が邪魔なんです。

どうすれば魂を捨てることができましょうか。じっさいおれは魂なんかいらないのですよ。魂なんてなんの価値がありますか？　目には見えないし。触ることもできない。どんなものかもわからないのに」

　すると司祭は胸をたたき、こう答えた。「ああ、悲しいかな、悲しいかな、おまえは乱心したか、それとも毒ある香草を食べたか。魂というものは人間のもっとも高貴な部分なのだ。それは神がお授けくださったもの、われわれはそれを立派に用いねばならぬ。人間の魂ほど貴重なものはほかにない、それと比較するにたるものはこの地上にはないのだ。世界じゅうの黄金を集めたほどの値打ちがあるものなのじゃ。王さま方の紅玉《ルビー》よりも貴重なものだ。ゆえに、わが子よ、そのようなことは二度と考えるではない、それは許しがたい罪であるぞ。それから海の一族についてだが、あのものたちは堕落しておる。あのものたちと関わりをもつ者もまた堕落しておるのだ。かれらは善悪の区別もつかぬ海原《うなばら》のけだものたちだ。あのものたちのために、神は命を捧げられたのではない」

　若い漁師の目は、司祭のこの厳しい言葉を聞くと、涙でいっぱいになり、かれは立ち上がるとこういった。「神父さま、半人半獣《ファウヌス》の牧神は、森に住み、楽しくやっているし、岩の上には男の人魚が純金の竪琴をもってすわっていますよ。どうかおれをあのものたちのようにしてください、どうかお願い申します。あのものたちは、花のような楽しい日々を過ごしているのです。おれの魂なんて、なんの役に立ちますか、おれとおれが愛するもののあいだを邪魔するのなら」

「肉体の愛は、堕落したものだ」司祭は、眉根をぎゅっと寄せた。「堕落したものと悪《あ》しきものは、この世に彷徨《さまよ》うことを神が黙認しておられる異教のものだ。森のファウヌスよ、呪われてあれ、海の歌い手よ、呪われてあれ！　夜、あれらの歌を聞いていると、やつらは祈るわたしを誘惑しようとした。窓をたたいて笑うのだ。わたしの耳に、かれらの危険な喜びの物語を吹きこんだ。かれらはわたしをその魔手で誘惑しようとした。わたしが祈ると、顔を顰《しか》めてみせた。だがかれらは堕落しておる。堕落しておるのだよ。かれらには天国も地獄もなく、どちらへ行こうとかれらは神の御名《みな》を讃えることはないだろう」

「神父さま」若い漁師は声をはりあげた。「あなたは、ご自分でいっていることがわかっていません。あるときおれの網が王の娘を捕らえたんです。あのひとは暁の星よりも美しく、月よりも白いんです。あのひとの体のためなら、おれは自分の魂も捨てます、あのひとを愛するから天国も捨てます。お尋ねしていることに答えてください、どうか心やすらかに行かせてください」

「去れよ！　去れ！」司祭は叫んだ。「おまえの情人は地獄におちる、そしておまえもともに地獄におちるであろう」司祭はかれに祝福もあたえず、戸口から追い出した。

若い漁師は、市場のなかに入っていった。悲しみにくれている者のようにうなだれ、のろのろと歩いていた。

商人たちはかれを見ると、こそこそと囁《ささや》きはじめ、そのうちのひとりが、かれの前にやってくると、名を呼んでこういった。「なにか売るものがあるのかい？」

「おれの魂を売りたい」とかれは答えた。「どうかおれの魂を買っておくれ、魂なんてうんざりだ。魂なんかなんの役にも立たないだろう？　目には見えないし。触ることもできない。どんなものかもわからないんだ」

だが商人たちはかれを嘲笑った。「人間の魂が、おれたちの役に立つというのかい？　あんなもの、銀ひとかけらの値打ちもありゃしない。おまえの体を奴隷として売るがいい。そうすればおまえに赤紫色《シー・パープル》の服を着せて、指には指輪をはめてやって、お偉い王妃さまのおそばづきにしてやろう。だがな、魂の話はもうするな、おれたちにとっちゃあなんの値打ちもないんだから、商売のたしにもならないんだからな」

若い漁師はこうおもった。「なんとも奇妙な話だな！　司祭は、魂は世界じゅうの黄金を集めたほどの値打ちがあるといったのに、商売人は、銀ひとかけらの値打ちもないという」そこでかれは市場を去り、海岸のほうへおりていくと、これからどうしたものかと思案した。

正午になると、若い漁師は厚岸草《あっけしそう》を採っている仲間から、さる若い魔女の話を聞いたことを思い出した。なんでも湾の奥の洞窟に住んでいて、魔術にはたいそう長《た》けているということだった。どうしても自分の魂を始末してしまいたいかれは、すぐさま砂浜を走りだし、そのあとから砂煙がもうもうとあがった。若い魔女は、手のひらがちくちくするので、漁師がやってくることを知り、笑いながら赤い髪の毛をおろした。赤い髪を振りほどいたまま洞窟の入り口に立ち、手には、花のついた野生の毒人参の小枝をもっていた。

「あんた、なにが欲しい？　なにが欲しいの？」魔女は、喘ぎながら急な坂をのぼって自分の前に屈みこんだ若い漁師に向かって叫んだ。「逆風のときに網にかかる魚かい？　あたしは、小さな葦笛をもっているんだけど、それを吹くと鰡《ぼら》が入り江に泳いでくるんだよ。だけどそれにはお代がいるの、かわいいぼうや、それにはお代がいるの。あんた、なにが欲しい？　なにが欲しいの？　嵐で船を難破させて、お宝がどっさり詰まった櫃《はこ》を岸辺に押し流してくれるような暴風かい？　あたしにはあんな風よりもっとすごい暴風があるんだよ、だってあたしは、あんな風なんかよりもっと強いお方に仕えているんだ。ざるとバケツ一杯の水で、大きなガレー船だって海の底に沈めちまうんだよ。だけどそれにはお代がいるの、かわいいぼうや、お代がいるの。あんた、なにが欲しい？　なにが欲しいの？　あたしは谷間に生えている花を知ってるよ。あたしのほかはだれも知らないんだ。その花びらは紫で、花の芯には星がひとつ。その汁は乳のように白い。その花で女王の硬い唇に触れれば、女王は世界じゅうどこへでもあんたについていくだろう。王の寝所から起き出して、世界じゅうどこへでもついていくだろう。だけどそれにはお代がいるの、かわいいぼうや、お代がいるの。あんた、なにが欲しい？　なにが欲しいの？　あたしは蟇《ひきがえる》を臼でひきつぶし、そいつのスープをこしらえることもできるよ。スープは死人の手でかきまわすのさ。そいつをあんたの敵が眠っているすきに体にふりかけてやると、やつは黒い鎖《くさり》蛇《へび》に変わってね、やつの母親がそれを殺してしまうのさ。車輪がひとつあれば天から月を引いてこられるし、水晶球のなかに死神を見せてやることもできるよ。あんた、なにが欲しい？　なにが欲しいの？　あんたの望みをきかせてくれれば、あたしが望みをかなえてあげる、だけどお代を払わなくちゃ、かわいいぼうや、ちゃんとお代はお払いよ」

「おれの望みなんて、ちっぽけなもんですよ」若い漁師はいった。「だけど司祭はたいそうお怒りで、おれを追い出したんです。ほんのちっぽけなことなんですがね、商人たちはおれを嘲《あざけ》って、相手にしてくれないんですよ。だからあんたのところに来たんです、みんなはあんたを悪いひとだというけどね、お代がいかほどであろうと、おれは払いますから」

「なにがお望みかい」魔女はそう尋ねると、そばに近よってきた。

「おれの魂を追い出したいんです」若い漁師は答えた。

魔女は蒼白になってぶるぶると震えだし、青いマントで顔をおおった。「かわいいぼうや、かわいいぼうやよ」魔女はつぶやいた。「それは恐ろしいことだねえ」

漁師は褐色の巻き毛を振りあげて笑った。「魂なんぞ、おれにはなんの値打ちもありませんよ。目には見えないし、触ることもできないし、どんなものやらわかりませんからね」

「教えてあげたら、いったいなにをくれるの？」魔女は、美しい目で彼を見下ろした。「金貨を五枚」と漁師はいった。「それからおれの網も、それからおれが住んでいる編み枝造りの家と、おれが乗っている色塗りの舟も。どうやって魂を追いだせるか教えてくれさえしたら、おれのもっているものはぜんぶあげますよ」

魔女は嘲るように笑い、毒人参の小枝でかれを打った。「あたしはね、秋の木の葉を黄金に変えることができるんだよ」魔女は答えた。「その気になれば、青白い月光を銀で織りあげることもできるのさ。あたしがお仕えしているお方は、この世の王さまをぜんぶ合わせたより金持ちで、王さまたちの領地もぜんぶもっているんだよ」

「じゃあおれはなにをあげたらいいんですか？」若い漁師は大声でいった。「代価が金でも銀でもないとしたら」

魔女はほっそりした白い手でかれの髪をそっとなでた。「あたしと踊ればいいのさ、かわいいぼうや」魔女はつぶやき、つぶやきながら微笑《ほほえ》みかけた。

「そんなもんでいいんですか？」若い漁師は驚いて叫ぶと立ち上がった。

「そんなもんでいいんだよ」魔女はふたたびかれに微笑みかけた。

「それじゃあ日が沈んだら、どこかひと知れぬ場所でいっしょに踊りましょう」かれはいった。「そうして踊ったあとで、おれが知りたいことを教えてくださいよ」

魔女はかぶりをふった。「満月のときに、満月のときに」魔女はつぶやいた。それからあたりをこっそり見まわし、耳をすました。青い鳥がきいっと鳴いて巣を飛びたち、砂丘の上を輪をかいて飛び、三羽の斑入《ふい》りの鳥が灰色の雑草をざわざわさせながら鋭い声で鳴き交わした。水底《みなそこ》の滑らかな小石をさらっていく波の音のほかはなんの物音もしない。すると魔女は手を伸ばし、かれを引き寄せて、乾いた唇をかれの耳に近づけた。

「今夜、あの山の頂きにおいで」魔女はささやいた。「魔女の宴会《サバト》だから、あの方もあそこにおられる」

若い漁師が驚いて魔女を見ると、魔女は白い歯をむきだして笑った。「あなたのいう、あの方とはだれのことですか？」若い漁師は訊いた。

「それはどうでもいいの」魔女は答えた。「今夜、あそこにおいで、そして四手《しで》の木の下に立って、あたしが行くまで待っておいで。もし黒い犬がおまえめがけて走ってきたら、柳の細い枝で打っておやり、逃げていくから。梟《ふくろう》が話しかけても返事をしてはいけないよ。月が満ちたらそこへ行くから、そうしていっしょに草の上で踊ろう」

「ですが、おれの魂を捨てる方法をきっと教えると誓ってくれますか?」若い漁師は尋ねた。

魔女は日光のもとに足を踏み出した。赤い髪の毛を風がそよそよと吹きぬけた。

「山羊の蹄《ひづめ》にかけて誓うよ」魔女は答えた。

「あなたは最高の魔女ですね」若い漁師は大声でいった。「山のてっぺんで、今晩きっとあなたと踊りますよ。ほんとは金か銀を受け取ってくださるといいんだけど。でもそれが代価だというなら、ちゃんと払いますよ、たいしたことじゃありませんから」そこでかれは帽子をとって頭を低く下げると、大喜びで街へ走ってもどったのである。

魔女はかれの後ろ姿を見送っていたが、その姿が見えなくなると洞窟に入り、杉材を彫って作った箱から鏡をとりだし枠形に立てかけると、その前で熊葛《くまつづら》を炭火でもやし、渦巻きながら立ちのぼる煙をすかして鏡をのぞきこんだ。しばらくすると魔女は怒りの形相で両手をにぎりしめた。「かれはあたしのものになっていいはずだ」と魔女はつぶやいた。「あたしだって、あの人魚におとらず美しい」

そしてその夜、月が昇ると若い漁師は山の頂きにのぼり、四手《しで》の木の下に立った。円形の海が、磨いた小さな楯のように足もとに横たわっている。漁船の影が小さな入り江のなかで動いている。黄色い硫黄のように燃える目をもつ大梟が、かれの名前を呼んでも、かれは答えなかった。黒い犬がかれに駆けよって唸り声をあげた。かれがその犬を柳の枝で打つと、犬は哀れっぽく鳴きながら逃げていった。

真夜中になると、魔女たちが蝙蝠《こうもり》のように空を切って飛んできた。「ひゅーっ！」と叫びながら、地面におりたつと「見知らぬ者がいるよ！」と魔女たちはあたりを嗅《か》ぎまわり、がやがやと喋りながら合図をかわした。最後にあの若い魔女が、赤い髪の毛を風になびかせてやってきた。若い魔女は孔雀の目の縫い取りのある金糸の薄布でできた服を着ており、天鵞絨《ビロード》でこしらえた緑色の小さな帽子をかぶっていた。

「あのひとはどこなの、あのひとはどこなの？」とそれを見た魔女たちが金切り声を上げたが、若い魔女はただ笑うばかり、四手《しで》の木に駆けより漁師の手をとると、月光のもとに連れだして踊りはじめた。

ぐるぐるとふたりは回り、若い魔女はたいそう高く跳び上がったので、若い漁師には、その靴の緋色の踵が見えた。踊り手たちの真ん中を駆け抜ける馬の蹄の音が聞こえたが、馬の姿はいっこうに見えなかったので、漁師は恐ろしくなった。

「もっと早く」魔女は叫んで両腕を彼の首にまきつけ、熱い息をかれに吐きかけた。「もっと早く、もっと早く！」魔女は叫び、若い漁師は地面が足の下でぐるぐるまわるような気がして、なんだか頭がおかしくなり、なにか邪悪なものが自分を見つめているような恐ろしい恐怖に襲われ、そこでようやくかれは、ある岩のかげにいままではたしかにいなかった人影が立っているのに気づいたのである。

それはスペイン風に仕立てた黒天鵞絨の服を着た男だった。その顔は異様に蒼いが、唇は鮮やかな紅色の花のようだった。どうやら疲れている様子で、岩によりかかり、短剣の柄をものうげにいじりまわしている。かたわらの草の上には、羽飾りのついた帽子と、金色のレースの手首覆いがつき、小粒の真珠で凝った縫い取りをした騎乗用の手袋がおいてあった。黒貂《くろてん》の裏がついた外套を肩にかけており、華奢《きゃしゃ》な白い手は、いくつもの宝石の指輪で飾られている。重たげなまぶたがその目にかぶさっていた。

若い漁師は、魔法にかけられたように男を見つめた。ついにふたりの目があい、どこで踊っていようと、男の目は自分にじっと注がれているようにおもわれた。魔女の笑う声が聞こえると、若い漁師は魔女の腰をつかみ、狂ったようにぐるぐるとまわした。

ふいに森のなかで犬が吠えると、踊り手たちはぴたりと踊りをやめ、ふたりずつ男に近づき、跪いて男の手に接吻した。すると男の誇らしげな唇に、小鳥の羽が水面に触れてさざなみをたてるようにかすかな笑みがうかんだ。だがその笑みには軽蔑の色があった。男は若い漁師を見つめつづけている。

「さあ！ あたしたちも礼拝しましょう」魔女がささやいてかれを導くと、魔女に請われるままにしたいという強い欲求に捉えられ、若い漁師は魔女にしたがった。だが男の前に近づいたとき、なぜか知らぬが、若い漁師は胸に十字を切り、キリストの御《み》名《な》を呼んだのである。

かれが御名を呼ぶやいなや、魔女たちは鷹のような鋭い声をあげて飛び立ち、かれをじっと見つめていたあの青白い顔は苦痛をうかべてひきつった。男は小さな森に近づき、口笛を吹いた。銀色の馬飾りをつけた小馬が男のもとに駆け寄ってきた。男は鞍に飛び乗ると、こちらを振りむき、若い漁師を悲しげに見た。

そして赤毛の魔女も飛び去ろうとしたが、漁師はその手首をつかんで抱きすくめた。

「はなしておくれ」と魔女は叫んだ。「逃がしておくれ。おまえは、唱えてはならぬ名を唱え、見せてはならぬ印を見せたのだよ」

「いいや」とかれは答えた。「あの秘密を教えてくれるまではぜったい放さないぞ」

「なんの秘密だ?」魔女は野生の猫のようにあらがい、泡にまみれた唇をきっと嚙みしめた。

「知っているはずだ」漁師は答えた。

萌黄色《もえぎいろ》の目が涙で曇り、魔女はこう漁師にいった。「ほかのことならなんでもお訊き!」

若い漁師は笑って、いっそう強く魔女を抱きしめた。

どうしても逃れられぬとわかると、魔女はかれの耳にささやいた。「あたしだって海の娘のように美しい、青い海に住んでいるものたちのように眉目《みめ》もよい」魔女は媚びるように、その顔をかれの顔に近づけた。

だがかれは眉をひそめて魔女を押し返した。「もしおれと交わした約束を守らないというなら、偽の魔女だとして殺す」

魔女の顔は花蘇芳《はなずおう》の花のように暗くなり、ぶるっと震えた。「勝手にするがいい」魔女はつぶやいた。「おまえの魂で、あたしの魂じゃないからね。これでおもうようにおし」魔女は飾り帯から、柄《つか》に緑色の鎖蛇の皮を張った小刀をとりだし、かれにさしだした。

「こんなものがなんの役に立つ？」かれは不思議そうに尋ねた。

魔女はしばし黙っていたが、恐怖の表情が面《おもて》にあらわれた。それから額の髪の毛をかきあげると、奇妙な笑みをもらしてこういった。「ひとが体の影と呼ぶものは、実は体の影じゃない、あんたの魂の体なんだよ。月を背にして浜辺に立ち、足もとにあるあんたの影を切り取るがいい、それがあんたの魂の体なんだから、それに去れと命じれば、魂は去るだろう」

若い漁師は震えた。「ほんとうか？」とかれはつぶやいた。

「ほんとうだとも。おまえにこんなことを教えたくはなかった」魔女は若い漁師の膝にすがりついて泣いた。

かれは魔女を押しのけて生い茂る草の上に残し、山のはずれまで歩いていくと、短剣を腰帯にさして山を下りはじめた。

するとかれの体のなかにいた魂が、かれに呼びかけた。「やあ！　わたしはこの年月、あなたといっしょに暮らし、あなたの召使だった。いまわたしを追い出さないでください、わたしがどんな悪さをあなたにしたというのですか？」

若い漁師は笑った。「なにも悪さはしないさ、だけどおまえはもう要《い》らないんだ」とかれは答えた。「世界は広い、それに天国も地獄もある、そのあいだには薄明の館もある。おまえの行きたいところへ行くがいい、だがおれの邪魔はするな、おれの恋人が呼んでいるんだ」

かれの魂は哀れっぽい声で懇願したが、かれは気にもせず、岩から岩へと、野生の山羊のようにしっかりした足どりで跳びうつり、とうとう平地へと、海の黄色の浜辺へとたどりついた。

ギリシャ人が造った彫像のように、赤銅色の四肢《しし》と逞《たくま》しい筋骨をもつかれは、月に背を向けて砂上に立った。すると泡のなかから白い腕が伸びてかれをさし招き、波間からおぼろな形のものが立ち上がり、かれに向かって敬意を表した。かれの前には、魂の体である影が伸びており、背後には、蜜色の空に月がかかっていた。

かれの魂がいった。「どうしてもわたしをあなたの体から追い出さねばならぬのなら、心をつけずに追い出すようなことはしないでください。この世は無慈悲なところです、あなたの心をいっしょにください」

かれは頭をつんとそらせて笑った。「もしおれの心をおまえにやってしまったら、おれはどうやって恋人を愛することができるんだ？」

「いやいや、どうかお慈悲を」かれの魂はいった。「あなたの心をください、この世は薄情なもの、わたしは怖いのです」

「おれの心はおれの恋人のものだ」かれは答えた。「だからぐずぐずするな、さっさと出ていけ」

「わたしも愛してはならぬと？」かれの魂が訊いた。

「出ていけ、おれにはおまえなんか必要ないんだ」若い漁師は怒鳴り、緑色の鎖蛇の皮を張った柄を握って小刀を抜くと、足もとの自分の影を切り取った。切り取られた影はむっくり起き上がり、かれの前に立つと、かれを見つめた。それはかれに、若い漁師にそっくりだった。

漁師はじりじりと後じさりしながら小刀は腰帯にもどしたが、畏怖の念におそわれた。「立ち去れ」とかれはつぶやいた。「その顔を二度と見せるな」

「いやいや、わたしたちはまた会わねばなりません」と魂はいった。その声は低く、笛の音《ね》のようだった。話すときも唇はほとんど動かない。

「どうやって会うというんだ?」若い漁師は大声でいった。「海の底まで追ってくるわけにはいかないぞ」

「毎年一度だけ、わたしはこの場所にきて、あなたに呼びかけます」魂がいった。「あなたにわたしが必要となるかもしれませんのでね」

「なんで必要になるんだ?」若い漁師は大声をはりあげた。「まあ、いいようにするがいいや」そういってかれは海に飛びこんだ。すると半人半魚神《トリトン》たちが法螺貝を吹き鳴らし、かわいい人魚がかれを迎えに浮かびあがってくると、両手をかれの首に巻きつけてその口に接吻した。

そして魂はさびしい浜辺に立って、かれらを見つめていた。ふたりが海に沈んでいくと、魂は泣きながら沼地を越えて去っていった。

それから一年が経ち、魂はあの浜辺にやってくると若い漁師を呼んだ。すると海の底から浮かびあがってきたかれはこういった。「なぜおれを呼ぶ?」

魂は答えた。「もっとそばにおいでなさい、そうすればお話ができますから、なにしろ素晴らしいものを見てきましたからねえ」

そこで若い漁師は、魂のそばに寄っていき、浅瀬にしゃがみこんで頬杖《ほおづえ》をつき耳を傾けたのである。

魂は語りだした。「あなたとお別れしてから、東方に顔を向けて旅をしました。賢いものはすべて東方よりくるのですよ。六日のあいだ旅をつづけ、そして七日目の朝にタタール人の国のとある丘にたどりついたのです。日射しを避けるために御柳《ぎょりゅう》の木陰に腰をおろしました。土地は乾ききっており暑熱で焼けるように熱かった。ひとびとは草原を、磨いた銅の円盤を這いずりまわる蠅《はえ》のように歩きまわっていましたよ。

正午になると、赤い砂塵《さじん》が草原の平らな縁からもうもうと舞い上がりましてね。タタール人はそれを見ると、彩色した弓に弦を張り、小さな馬に飛びのると、それを迎え撃つために走りだした。女たちは悲鳴をあげながら大きな馬車に駆けこんで、厚い窓掛けのかげに身をひそめました。

日暮れになってタタール人は戻ってきましたが、そのうち五人が帰らぬひととなり、戻ってきた者たちも少なからぬ者が傷を負っていましたね。かれらは馬を馬車につけると、すぐさま走りだしました。三頭のジャッカルが洞穴から出てきて、かれらのあとをうかがっていました。そしてくんくんとあたりを嗅いでから、とことこと反対の方角へ走り去りました。

月が昇ると、かなたの草原に野営の火が見えたので、わたしはそちらのほうに歩いていったんです。隊商の一行が、敷物の上に車座になってすわっていましてね。駱駝《らくだ》はかれらの背後にある杭につながれていた。召使の黒人たちが、なめし皮でこしらえた天幕を砂の上に張って、うちわ仙人掌《サボテン》を並べて高い障壁をめぐらしていました。近づいていくと、商人の頭《かしら》が立ち上がって剣を引き抜き、何用かと尋ねたんです。

そこでわたしは、さる国の王子であると名乗り、わたしを奴隷にしようというタタール人の手から逃げてきたのだといいました。頭《かしら》はにんまり笑って長い竹の先に突き刺した五つの首をわたしに見せましたよ。

それから神の預言者はだれかと尋ねられたので、ムハンマドだとわたしは答えたんです。

この異教の預言者の名を聞くと、頭は一礼してわたしの手をとり自分の横にすわらせました。黒人が木皿に入れた馬乳《ばにゅう》と、焼いた小羊の肉を一切れもってきてくれました。

夜が明けるといよいよ出発です。わたしは赤毛の駱駝に乗り、頭《かしら》の横に並びました。わたしたちの前を走る伝令は槍を抱えています。戦士たちがわたしたちの両脇を走り、そのあとに商品を運ぶ騾馬《らば》がつづきます。この隊商の駱駝はぜんぶで四十頭、騾馬は四十頭の倍の数がおりましたよ。

一行は、タタール人の国から月を呪うものたちの国へと入りました。白い岩の上に立ってかれらの黄金を守るグリフィンを見ましたよ。洞窟で眠る鱗のある竜たちも。山を越えるときは、頭の上に雪が落ちてこないかと息を詰め、それぞれが両眼を薄布でしばりましてね。谷間を通りすぎるときは、小人族《ピグミー》たちが、木のうろから矢を射かけてきました。夜になると蛮人たちが太鼓を打つ音が聞こえてくるんですよ。猿の塔にやってくると、果物をその前におきますから、なんの危害も受けませんでした。蛇の塔にやってくると、温めた乳を真鍮の鉢に入れて供えましたから、ぶじに通してもらえました。この旅で三度、オクサス川の川岸に出ました。わたしたちは、大きく膨らませた皮の浮き袋をつけた筏でそこを渡りました。怒り狂った河馬《かば》が襲いかかってきて、わたしたちを殺そうとしましたけどね。駱駝たちは河馬を見ると震えあがりました。

それぞれの都の王さまたちは、われわれから通行税を徴収したのに、その門を入ることを許しませんでした。かれらは城壁越しに、パンや蜜を入れて焼いた小さな玉蜀黍《とうもろこし》菓子や、棗椰子《なつめやし》がたくさんはいった上等の小麦粉の菓子なんかを投げてくれましたけどね。籠百個ごとに、こちらは琥珀の玉をひとつさしだしたんですよ。

どこの村の住人もわれわれの姿を見ると、井戸に毒を投げこんで、丘の頂きに逃げていくんです。生まれたときは老人で、年々若がえっていき、ついには赤子となって死ぬというマガディ族とも戦いましたよ。それから自分たちは虎の子孫であるといい、全身を黒と黄色に塗ったラクトロイ族とも戦ったし。また死者は木のてっぺんに葬り、己の神である太陽に殺されないようにと暗い洞窟で暮らしているオーラント族とも戦いましたしね。それから鰐《わに》を崇《あが》め、緑色の硝子《ガラス》の耳輪をあたえ、牛酪《バター》と新鮮な鶏肉で養っているというクリムニア族とも戦いました。犬の顔をしているアガゾンビー族とも、馬の脚をもち、馬より速く走るサイバン族とも戦った。それらの戦いで、われらが仲間の三分の一が死に、三分の一は、飢えで死にました。残る者たちは、わたしに文句をいい、わたしが悪運をもたらしたのだといいました。わたしは角《つの》のある鎖蛇を石の下からひきずりだし、自分の体を嚙ませてみせました。わたしが平気でいるのを見ると、かれらはわたしを恐れるようになりました。

四月目《よつき》に、われわれはイレルの街に着きました。城壁の外にある小さな森にたどりついたときにはもう夜で、とても蒸し暑かった、月が蠍座《さそりざ》を横切っているところでしたからね。柘榴《ざくろ》の木から熟した実をもぎとり、それを割って、なかの甘い汁を飲みました。それから敷物をひろげてそこに横になり、夜明けを待ちました。

夜が明けると起きだして、街の城門をたたきました。門は赤の唐金で造られ、海竜と翼のある竜が彫ってありました。番兵たちが銃眼つきの胸壁からわたしたちを見おろし、用向きはなにかと尋ねました。隊商づきの通訳が、われわれはシリアの島から、たくさんの商品をもってやってきたのだと答えました。彼らは人質をとり、正午に開門するまで待つようにと命じました。

正午になると門が開いたので中へ入っていくと、わたしたちを見ようとほうぼうの家からぞろぞろとひとがあらわれ、触れ役が貝を吹き鳴らしながら街じゅうに触れまわりました。わたしたちが市場に立っていると、黒人たちが、紋織の布地の入った梱《こり》の紐をとき、無花果《いちじく》の木を彫って作った櫃《はこ》を開けました。黒人の仕事がおわると、商人たちは、運びこんだ珍しい品物を並べました。エジプト産の蠟《ろう》を引いた亜麻布、エチオピア産の彩色した亜麻布、テュロスの紫色の海綿、シドンの青い壁掛け、寒色の琥珀の杯、硝子の美しい器、焼き粘土の珍しい器など。ある家の屋根で、ひとかたまりの女たちがわたしたちを眺めていました。そのなかのひとりは、金箔を着せたなめし革の仮面をつけていましたっけ。

一日目に僧たちがやってきて、わたしたちと品物の交換をしました、二日目には貴族たちが、そして三日目には職人と奴隷たちがやってきました。商人たちがこの街に滞在するあいだ、こうするのがかれらの習慣だったのですよ。

こうしてわたしたちはひと月ここに滞在していましたが、月が欠けはじめるころには、わたしはすっかり退屈して、街の通りをぶらついているうちに、神の庭園にたどりつきました。黄色の衣を着た僧たちが緑の木々のあいだを黙々と歩きまわり、黒い大理石の舗道には、薔薇《ばら》色の館があり、そこは神がお住まいになる館でした。その扉は漆塗りで、牡牛と孔雀《くじゃく》が金の浮き彫りで描かれていました。斜めになった屋根は海青色の磁器でできており、張り出した軒には、小さな鈴が花綱のように下がっていましてね。白鳩が近くを飛ぶとき、翼がその鈴にあたって、鈴はりんりんと音をたてるんですよ。

神の館の前には、縞瑪瑙《しまめのう》を敷きつめた澄んだ池がありました。わたしはそのわきに横たわり、青白いわたしの指で広い葉にさわってみました。僧がひとりやってきて、わたしの背後に立ちました。踵の低い靴をはいていましたが、片方は柔らかな蛇の皮、もう片方は鳥の羽毛でできているんですよ。頭には銀の三日月を飾った黒いフェルトの僧帽をかぶっていましてね。衣には七種の黄色が織りこまれ、縮れた髪の毛はアンティモンで染めてありました。

しばらくすると僧はわたしに話しかけ、わたしの望みを問いました。

わたしの望みは神にお会いすることだと申しました。

『神は猟に出ておられます』と僧はいって、目尻の吊りあがった小さな目でわたしを不思議そうに見ましたね。

『どこの森におられるのか教えてください、神とともに馬を駆りましょう』とわたしは答えたんです。

僧は長い尖った爪で、上着の柔らかそうな縁飾りを梳いていました。『神は眠っておられます』と僧はつぶやきました。

『いずれの臥所《ふしど》でおやすみなのか教えてください、おそばで見張りをいたしますゆえ』とわたしは答えました。

『神は祝宴の最中であられます』僧は大声でいいました。

『もし葡萄酒が甘ければ、神とともに飲みましょう。もし渋くても神とともに飲みましょう』とわたしは答えたのです。

僧は不思議そうな顔をして頭を下げると、わたしの手をとって立ち上がらせ、神の館のなかへ導いてくれました。

最初の部屋には、東洋の大粒の真珠で縁取られた碧玉《へきぎょく》の玉座にすわる偶像がありました。それは黒檀を彫ったもので、身の丈は人間と同じでした。額には紅玉《ルビー》が嵌《は》めこまれ、その髪からねっとりとした油が太腿の上にしたたっていましてね。その足は、殺されたばかりの子山羊の血で赤く、その腰には七つの緑柱石《ベリル》をちりばめた帯が巻かれておりました。

わたしは僧にいいました。『これが神ですか？』すると僧はこう答えました。『これが神です』

『神を見せてくれ』わたしはどなりました。『さもないとおまえを殺す』わたしがかれの手に触れると、かれの手はみるみる萎《しな》びてしまいましたよ。するとかれの僧はわたしに懇願しました。『どうか主の僕《しもべ》を癒やしてください、そうすれば神のお姿をお見せします』

そこでわたしは僧の手に息を吹きかけてやりましたから、手はもとどおりになりました。かれは震えながらわたしを第二の部屋に案内しました、そこには大きな緑玉《エメラルド》がいくつも下がった翡翠《ひすい》の蓮の花の上に立つ偶像がありました。偶像は象牙を彫ったもので、身の丈は人間の倍もありました。その額には、貴橄欖石《きかんらんせき》が嵌めこまれ、胸には、没薬《もつやく》と肉桂《シナモン》が塗りこめられておりました。片手に弓なりになった翡翠の笏《しゃく》をもち、もう一方の手には、水晶の玉をもっていました。真鍮《しんちゅう》の編み上げ靴をはき、その太い首には透明石膏でつくった輪がはまっていましたよ。

それで『これが神ですか?』と尋ねると、かれはこう答えました。『これが神です』『神を見せなさい』とわたしはどなりました。『さもないとほんとうにおまえを殺す』そしてかれの目に手を触れると、その目は見えなくなりました。

すると僧はわたしに懇願しました。『どうか主の僕《しもべ》を癒やしてください、そうすれば神をお見せします』

そこでかれの目に息を吹きかけてやると目は見えるようになりました。僧はまた震えながら、第三の部屋へわたしを導きました。するとなんと！　その部屋には偶像はなく、いかなる種類の絵姿もない、ただ丸い金属の鏡が石の祭壇の上にのっていたのです。

そこでわたしは僧にいいました。『神はどこにいますか？』

するとかれは答えました。『あなたが見ているこの鏡こそが神です。これは〈智恵の鏡〉です。この鏡は、天国と地上にあるすべてのものを映しだします。ただ、これを見ている者の顔は映らないのです。これを覗《のぞ》く者が賢くなるようにと、その者を映さないのです。ここにはほかの鏡もたくさんありますが、それらはみな〈意見の鏡〉です。これだけが〈智恵の鏡〉で、この鏡をもつ者は、すべてを知ることになり、なにひとつ隠されるものはありません。これをもたぬ者は智恵ももちません。したがってこれは神であり、われわれはこれを礼拝します』その鏡を覗きこんでみると、僧がいったとおりだったのです。

そこでわたしは奇妙なことをしましたが、それはどうでもいいことです。この場所からほんの一日たらずで行ける谷に、わたしはこの〈智恵の鏡〉を隠しましたから。どうかわたしをあなたのなかに入れ、召使にしてください、そうすれば賢い者のだれよりもあなたは賢くなるでしょう。そして〈智恵〉はあなたのものになるでしょう。わたしをあなたのなかに入れてください、そうすればだれよりもあなたは賢くなるでしょう」

だが若い漁師は笑った。「愛は智恵よりまさるのさ。かわいい人魚はおれを愛しているんだ」

「いいや、智恵にまさるものはありませんよ」と魂はいった。

「愛のほうがまさるのさ」と若い漁師はいうなり、海に飛び込んでしまった。魂は泣きながら、沼地を越えて去っていった。

そして二年目が過ぎ去ると、魂は浜辺にやってきて若い漁師に呼びかけ、漁師は深海から上ってくるとこういった。「なぜおれを呼ぶ?」

すると魂は答えた。「もっとそばにおいでなさい、そうすればお話しできますから、なにしろ素晴らしいものを見てきましたからねえ」

そこでかれは近づいて、浅瀬にしゃがみこみ、頬杖をついて耳を傾けた。

魂は話しだした。「あなたのもとを去ってから、わたしは南に顔を向けて旅をしました。貴重なものはなにもかも南からくるのですよ。アシュターの街に通じる街道を、巡礼たちがいつも歩く赤く染まった埃《ほこり》っぽい道を六日間歩きました。そして七日目の朝のこと、目をあけると、なんと！　わたしの足もとに都が横たわっていたのです、都は谷間にあったのですよ。

その都には九つの城門がありましてねえ、それぞれの城門の前には、青銅の馬が立っていて、ベドウィンが山をおりてくると嘶《いなな》くのです。城壁は銅でおおわれ、城壁の上の見張り塔の屋根は黄銅葺《ぶ》きでした。どの塔にも射手が弓を抱えて立っています。日の出には、射手が矢を使って銅鑼《どら》を鳴らし、日没には角笛を吹き鳴らします。

なかに入ろうとすると、番兵がわたしを引き止め、何者かと尋ねました。わたしは托鉢僧《たくはつそう》だと名乗り、メッカの街に行くところだと答えました。そこには天使たちの手によって経典《コーラン》が銀の文字で刺繍してある緑の帳《とばり》があるのだと。番兵たちは驚きに打たれ、入ることを許してくれましたよ。

なかに入るとそこは市場街《バザール》のようなところでした。まったくあなたもごいっしょしていればねえ。狭い通りを横切るようにかけられた明るい紙提灯《かみちょうちん》が大きな蝶のようにひらひらしてますしね。風が屋根の上を吹きわたるときは、提灯は、色のついた泡のようにぷかぷかと上下するんですよ。屋台の前には、商人たちが絹の敷物を敷いてすわっていましてね。まっすぐな黒い髭を生やして、ターバンは、ぴかぴか光る金の飾りでおおわれているんです。琥珀や、彫りこみのある桃の種をつなげた長い紐を冷たい指のあいだにからませていたり。楓子香《ふうしこう》や甘松香《かんしょうこう》、インド洋の島々の珍奇な香水、濃厚な紅薔薇油、没薬《もつやく》や小さな爪の形をした丁子《ちょうじ》などを売っているものもいます。客が足を止めて話しかけると、乳香をひとつまみ炭の焜炉の上において、あたりに甘い香りを漂わせるんです。両手に葦の細い茎のようなものをもっているシリア人も見かけました。灰色の煙が幾すじも、その茎から出ていて、その匂いはまるで、春の薄紅色のアーモンドの香りのようでしたねえ。ほかにも、しっとりした青のトルコ石で打ち出し模様をほどこした銀の腕輪とか、小粒の真珠で縁どった真鍮の足首飾りとか、黄金に嵌《は》めこんだ虎の爪とか、金色の猫つまり豹の爪とか、緑玉《エメラルド》に穴をあけた耳飾りや、翡翠《ひすい》をくりぬいた指輪も売っていました。茶寮《さりょう》からは、ギターの音が聞こえ、笑みを浮かべた生白い顔の阿片《あへん》中毒者が通行人を眺めていましたねえ。

ほんとうにあなたもいっしょに来ればよかったのに。葡萄酒売りは大きな黒い革袋をかついでひとごみを押し分けてやってきますし。たいてい蜜のように甘いシラーズ酒を売っているんですがね。小さな金属の杯に酒をそそぎ、その上に薔薇の花びらを散らして供します。市場には果物売りたちが立っていて、あらゆる種類の果物を売っています。果肉が傷ついて紫色になっている熟した無花果《いちじく》だの、麝香《じゃこう》のような匂いをはなって黄玉《おうぎょく》のように黄色いメロン、そしてシトロン、蒲桃《ふともも》、白葡萄の房、赤みがかった金色の丸いオレンジ、緑金色の長円形のレモンまであるんですよ。あるときは象が通りすぎるのを見ましたよ。その鼻は朱色と鬱金《うこん》色に彩られ、耳には、真紅の絹紐で編んだ網がかかっていました。そいつはある屋台の前で立ち止まり、オレンジを食べはじめましたが、店主は笑うばかりでした。あそこの連中ときたらまったく変わり者ですよ。うれしいと、鳥屋へいって籠に入った鳥を買う、それからそいつをはなしてやると、うれしさがいっそう増すんだとか。連中が悲しいときは、その悲しみがうすれないように茨の枝でその身を打つんですからねえ。

ある夕方のこと、黒人たちが輿《こし》をかついで市場のなかを通っていくのに出会いました。輿は金箔を塗った竹でできており、かつぐ棒には、真鍮製の孔雀の飾り鋲が打たれ、朱色の塗料で塗られていました。輿の窓には、かぶと虫の羽と小粒の真珠で縫い取りをしたモスリンの薄い幕がかかっていました。それが通りすぎるとき、青白い顔をしたチェルケス人が幕のあいだから顔をだして、わたしに笑いかけたのですよ。わたしがそのあとについていくと、黒人たちは顔を顰《しか》め、足を速めました。でもわたしは気にしませんでした。好奇心がむらむらと湧いてきましたからねえ。

ついに彼らは、方形の白い家の前で足を止めました。その家には窓がなく、墓所の扉のような小さな扉がついていました。かれらはチェルケス人の輿《こし》をおろし、銅の槌で三度扉をたたきました。緑色の革のカフタンを着たアルメニア人が小窓から覗き、かれらを見るや扉を開けて地面に敷物をひろげると、婦人が輿からおりてきました。婦人はなかに入るとき、振り向いて、ふたたびわたしに微笑みかけました。これほど青白い顔をしたひとを見たことがありませんねえ。

月が昇ると、わたしは同じ場所にもどり、あの家を探しましたが、それはもうどこにもありませんでした。そのことがわかったとき、あの婦人がだれであるか、なぜわたしに微笑みかけたのか悟ったのですよ。

ほんとうにあなたもいっしょに来ればよかったのに。新月の祝宴には、若い皇帝が宮殿からお出ましになり、祈りを捧げるために礼拝堂《モスク》に入られます。皇帝の髪の毛と髭は、薔薇の花びらで染められ、頬には美しい金粉がふりかけられていましたね。足裏と掌《てのひら》はサフランで黄色に染まっておりました。

日の出とともに、皇帝は銀の衣を召されて宮殿を出られ、日没には、黄金の衣をまとってふたたび宮殿に戻られます。ひとびとは顔を隠して、地面にひれ伏すのですが、わたしはそうするつもりはなかった。棗椰子《なつめやし》を売る屋台の横に立って待ちました。皇帝はわたしを見ると、描かれた眉を上げて立ちどまりました。わたしはじっと身動きもせず、敬礼もしませんでした。ひとびとはわたしの大胆さに驚き、街から逃げるようにとすすめました。わたしはかれらには耳もかさず、異教の神の像を売るひとびとのそばにいき、いっしょにすわっておりましたが、かれらは、そうした商いのためにひとびとから忌み嫌われていたのです。自分のしたことをかれらに話すと、かれらはそれぞれ、わたしに神の像をくれて、どうかここを立ち去ってほしいとたのむのです。

その晩、柘榴《ざくろ》通りにある茶寮《さりょう》の座ぶとんに横になっていると、近衛兵たちが入ってきて、わたしを宮殿に引き立てていきました。わたしが入っていくと、背後の扉をいちいち閉めては鎖をかけるんですね。なかは歩廊が四方にめぐらされた中庭でした。壁は白い雪花石膏《アラバスタ》で、あちらこちらに青と緑のタイルが嵌めこまれているのです。柱は緑色の大理石で、敷石は薄紅色の大理石のようなものでした。あんなものはこれまで見たこともありませんよ。

中庭を横切っていくとき、ヴェールをかぶったふたりの婦人が露台《バルコニー》からわたしを見下ろして罵《ののし》ったんです。近衛兵が足を速めると、槍の石突きが磨き上げられた床にあたって喧《やかま》しい音をたてました。凝った細工の象牙の門が開かれると、わたしは散水されている七段の段庭《テラス》に立っていたんです。そこにはチューリップや夕顔や、銀をちりばめたような沈香の花が咲いておりましてね。水晶でできた細い葦のように噴きあげられる水がほの暗い空気のなかに浮かんでいました。糸杉の木は燃え尽きた松明《たいまつ》のようでしたね。その木のどこかで小夜啼き鳥《さよなどり》が啼いていましたっけ。

庭園のはずれに、小さな東屋《あずまや》がありましてね。近づいていくと、ふたりの宦官《かんがん》が出てきてわたしたちを迎えました。かれらの肥満した体が歩を運ぶたびに揺れましてね。黄色いまぶたがかぶさる目でわたしをものめずらしそうに見ました。そのひとりが、近衛兵の長に近づいて低い声でなにごとか囁きました。もうひとりは、長円形の藤色の琺瑯《ほうろう》の箱から、気取った身振りで匂いのよい香錠をだしてぼりぼり噛んでいましたね。

ほんのしばらくすると、近衛兵の長が兵士たちに下がるように命じました。かれらは宮殿にもどっていき、宦官たちもゆっくりとその後につづき、通りすがりの木から甘い桑の実を摘んでいきました。一度だけ、年上のほうが振り返って、わたしのほうに厭な笑みをみせました。

それから近衛兵の長が、東屋の入り口のほうに行くように身振りでわたしに命じました。わたしは震えもせず歩いていき、重い垂れ幕をあけて中に入ったのですよ。

若い皇帝が色染めをした獅子の皮を張った長椅子に横たわっておられ、白隼《しろはやぶさ》がその手首に止まっていました。皇帝のうしろには、真鍮の被り物をのせた、腰まで裸のヌビア人が立っており、裂けた両の耳に重い耳輪をつけていました。長椅子のかたわらの卓の上には鋼鉄の巨大な三日月刀がのっておりました。

皇帝はわたしを見ると眉をひそめ、こう申されました。『名はなんという？　余《よ》がこの都の皇帝であると知らぬのか？』だがわたしは答えませんでした。

皇帝はあの三日月刀を指さし、ヌビア人がそれをつかみ、猛然とわたしに切りかかってきました。刃がしゅっと音をたててわたしの体を貫いても、わたしは傷ひとつ負いませんでした。男はぶざまに床に倒れ、起き上がったときには、恐怖のあまり歯ががちがちとなり、長椅子のかげに隠れてしまいました。

皇帝はさっと立ち上がると、武具立てから槍をとり、わたしに投げつけました。わたしは飛んでくる槍を受けとめ、それを二つに折ってしまいました。皇帝は次に矢を放ちましたが、わたしは両手を上げ、飛んでくる矢を宙で受けとめたんです。次にかれは白い革の腰帯にはさんだ短刀を引き抜き、ヌビア人の喉首に突き立てました。己の不名誉を言い触らさぬようにという用心のためだったんですね。男は踏みつけられた蛇のように身をくねらせ、唇から赤い泡をぶくぶくと吐きました。

その男が死ぬとすぐに、皇帝はわたしを振り返りました。縁飾りのある紫色の絹の小さな手巾《ハンカチ》で額に光る汗を拭い、そうしてわたしにこういったのです。『そなたは預言者なのか、余が傷つけることができぬとは？　それとも預言者の息子か、余が傷つけることができぬとは？　どうか今夜わが都から出ていってもらいたい、そなたがここにいるかぎり、余はもはやここの君主ではない』

そこでわたしは答えました。『あなたの宝を半分くだされば、立ち去りましょう。

あなたの財宝の半分をわたしにください、そうすれば出ていきますよ』

皇帝はわたしの手をとり、庭園へと導きました。近衛兵の長はわたしを見て、怪訝《けげん》な顔をしました。宦官たちはわたしを見ると、膝が震え、恐怖のあまり地面にへたりこみましたよ。

宮殿には、赤い斑岩を積んだ八つの壁をもつ部屋があり、真鍮を鱗状に張った天井にはランプがいくつも吊るしてありました。皇帝がその壁のひとつに手を触れると、壁が開きました。わたしたちはたくさんの松明が燃えている回廊を通りすぎました。回廊の両側の壁龕《へきがん》には、大きな葡萄酒の瓶がおかれ、銀貨がふちまで詰まっていました。回廊の中央にたどりつき、皇帝が口にしてはならぬ言葉を口にすると、花崗岩の扉が秘密のばねでぱっと開いたのです。皇帝は目が眩《くら》まぬように顔の前に手をかざしました。

そこがどれほど驚くべき場所か、あなたには想像もつきますまい。大きな亀の甲羅には真珠がぎっしり詰まっており、くりぬかれた大きな月長石には赤い紅玉《ルビー》が山と積まれていました。黄金は象の皮の櫃に蓄えられ、金粉は革袋のなかに詰められていました。蛋白石《オパール》や蒼玉《サファイア》があり、前者は水晶の杯に、後者は翡翠の杯に盛られていました。丸い緑玉《エメラルド》は象牙の薄い皿の上にきちんと並べてあり、片隅には、絹の袋が積み重なり、あるものにはトルコ石が、またあるものには緑柱石《ベリル》がぎっしり詰まっていました。角《つの》のような形をした象牙の器には紫水晶が山のように盛られ、角形の銅の器には玉髄《ぎょくずい》と紅玉髄が盛られています。柱はヒマラヤ杉で、黄色の山猫石を連ねた紐が何本もかかっていました。長円形の平らな楯のなかには、葡萄酒色の柘榴石と、草色の柘榴石が入っていました。これだけお話ししても、あそこにあったもののわずか十分の一にすぎませんよ。

そして皇帝は、両手を顔からはなし、わたしにこう申されました。『これがわが宝物倉だ、この半分はそなたのもの、そなたに約束したとおりだ。それから駱駝《らくだ》と駱駝使いもつかわそう、そなたの命令にしたがって、この宝の分け前を、そなたの望むところへ、この世界のいずこなりとも運ばせよう。これは今夜じゅうに片づけてほしい、余の父である太陽に、わが都に余が殺すことのできぬ人間がいることを知られたくないからだ』

しかしわたしはこう答えました。『ここにある黄金はあなたのもの、銀もあなたのもの、貴重な宝石も、高価なものもあなたのものです。わたしには、そうしたものは必要ありません。あなたがその指にはめておられる小さな指輪のほかは、なにもいただこうとは思いません』

するとで皇帝は眉をひそめました。『こんなものは鉛の指輪ではないか』皇帝は大声でいいました。『なんの値打ちもない。それゆえ、宝の半分の取り分をもって、この都から出ていってくれ』

『いいや』とわたしは答えました。『その鉛の指輪のほかにはなにもいただきません、その指輪のなかに書かれていることを、しかもどんな目的で書かれたものであるかを、わたしは知っているのです』

すると皇帝は震えだし、わたしをじっと見て、こう申された。『宝物をぜんぶもって、この都から出ていけ。余の半分の持ち分もそなたのものだ』

そこでわたしは不慣れなことをしましたが、それはどうでもいいことです。ここから歩いて一日ばかりの洞穴のなかに、あの『富の指輪』を隠しましたから。この土地からたった一日の旅でたどりつけます。それはあなたのおいでを待っています。この指輪をもつものは、世界じゅうのすべての王よりも、お金持ちになれるのです。ですからどうかあそこに行って、指輪をとってきてください、世界じゅうの宝があなたのものになるのですから」

だが若い漁師は笑った。「愛は富にまさる」かれは声をはりあげた。「それにかわいい人魚はおれを愛してくれているんだ」

「いいや、『富』にまさるものはないのですよ」

「愛のほうがまさるのさ」若い漁師はそういうと、深い海に飛び込んでしまったので、魂は泣きながら沼地を越えて去っていった。

そして三年が経つと、魂はまたあの浜辺にやってきて、若い漁師に呼びかけた。漁師は深い海の底から姿をあらわすと、こういった。「なぜおれを呼ぶ?」

すると魂は答えた。「もっとそばにおいでなさい、そうすればお話ができますから、なにしろ素晴らしいものを見てきましたからねえ」

そこで漁師は近くに寄って、浅瀬にしゃがみこむと、頬杖をついて耳を傾けた。

魂は話しだした。「わたしの知っているある都の川べりに建つ宿屋があります。色のちがう二種類の葡萄酒を飲んでいた水夫たちといっしょに、わたしはそこにすわって、大麦のパンと、月桂樹の葉にのせ酢を添えて供される小さな塩漬けの魚を食べていました。そして陽気に騒いでいると、革のような敷物と上端に琥珀の角が二本ついた竪琴《リュート》をもった老人が入ってきたのです。老人が床にその敷物を敷き、竪琴の弦を羽軸のばちでかき鳴らすと、薄布で顔をおおった少女が駆けこんできて、わたしたちの前で踊りだしました。少女の顔は紗《しゃ》の薄布でおおわれていましたが、素足のままでした。その足は、小鳩のように敷物の上を動きまわります。あんな素晴らしいものはこれまで見たことがありませんよ。少女が踊っていた街は、この場所からほんの一日もあれば行けるのですよ」

若い漁師は魂の言葉を聞いているうちに、かわいい人魚に足というものがなく、踊ることもできないのを思い出した。すると大きな欲望がむくむくとわいてきて、かれはこう思った。「たった一日の旅だし、また恋人のもとに帰れるんだし」かれは笑いながら、浅い水辺で立ち上がり、岸辺に向かって大股で歩いていった。

乾いた浜辺にたどりつくと、かれはまた笑い、両腕を魂にさしだした。かれの魂は大きな歓声をあげ、かれのもとに駆けよって、かれの体のなかに入った。若い漁師は、目の前の砂丘に、魂の体だったあの影がふたたび伸びているのを見た。

魂はかれにいった。「ぐずぐずしてはいられません、すぐに出立《しゅったつ》しましょう、海の神々は嫉妬深いですし、かれらの命令どおりに動く怪物たちが大勢いますしね」

そこでかれらは先を急ぎ、月光のもと夜通し歩き、翌日は太陽のもと旅をつづけ、その日の夕刻には、ある街にたどりついた。

若い漁師は魂にいった。「ここが、おまえの話のあの少女が踊っていた街なのか?」

すると魂は答えた。「この街ではない、別の街です。それでもひとまず入ってみようじゃありませんか」

そこでかれらはその街に入って通りを歩いていった。宝石商のならぶ通りを歩いていると、店先においてある美しい銀の杯が若い漁師の目にとまった。すると魂はかれにいった。「その杯をとって、隠しなさい」

そこでかれはその杯をとって上着のひだのあいだに隠し、そのまま急いで街を出た。

そして街から三マイルほどはなれると、若い漁師は眉をひそめ、杯をほうり出し、魂に向かってこういった。「おまえはなぜおれに、この杯をとって隠せといったのか、それは悪行ではないか?」

だが魂は答えた。「ご安心を。ご安心を」

そして二日目の夕刻、ふたりはある街にたどりついた。若い漁師は魂にいった。「ここが、おまえの話のあの少女が踊っていた街なのか？」

魂は答えた。「この街ではない、別の街です。それでもひとまず入ってみようじゃありませんか」

そこでかれらは街に入り、通りを何本も歩き、やがてサンダル売りの並ぶ通りを歩いていると、若い漁師は、子どもが水甕《みずがめ》のかたわらに立っているのを見た。魂がかれにいった。「あの子を撲《なぐ》りなさい」そこでかれは子どもが泣きだすまで打ちすえ、それがすむと急いで街を出た。

街から三マイルほどはなれると、若い漁師は次第に腹が立ってきて、魂に向かってこういった。「なぜおまえはあの子を撲れなどといったのだ。あれは、悪行ではないか？」

だが魂はこう答えた。「ご安心を。ご安心を」

そして三日目の夜、かれらはある街にやってきた。若い漁師は魂にいった。「ここが、おまえの話の少女が踊っていた街か？」

すると魂は答えた「この街ではない、別の街です。それでもひとまず入ってみようじゃありませんか」

そこでふたりは街に入り、通りを何本も歩いたものの、若い漁師は、魂の話にあった川も川べりに建っているはずの宿屋も見つけることはできなかった。街のひとたちがかれを物珍しそうに見るので、かれは次第に怖くなって魂にいった。「ここから出よう、白い足で踊る少女はここにはいないのだから」

だが魂はこう答えた。「いやいや、ここに泊まりましょう、夜は暗いですし、道中盗賊が出るかもしれません」

そこで市場にしゃがみこんで休んでいると、しばらくして、頭巾《ずきん》をかぶり、タタール織りの外套を着た商人が、節のある葦の先に、角《つの》をくりぬいてつくったランタンを提《さ》げて通りかかった。商人はかれにいった。「なぜこんな市場にすわっているのかね、屋台は閉まっているし、梱《こり》には縄がかけてあるのに?」

若い漁師はこう答えた。「この街に宿屋が見つかりませんし、泊めてくれる親族もいないんですよ」

「われわれはみな親族ではないのかね?」商人はいった。「ひとりの神がわれわれを創ってくだされたのではないのかね? わたしといっしょにおいでなさい、うちには客室があるから」

そこで若い漁師は立ち上がり、商人についてその家にいった。柘榴の庭を通りすぎて家のなかに入ると、商人は、手を洗うようにと銅の皿に入れた薔薇水と、渇きをいやすようにと熟したメロンをもってきてくれ、飯の入った碗と焼いた小山羊の肉を一切れ、かれの前においた。

かれがすっかり食べおえると、商人はかれを客室へ案内し、ゆっくりお休みなさいといった。若い漁師はていねいに礼をいい、商人の指にはまっている指輪に接吻すると、山羊の毛を染めた敷物の上に倒れこんだ。黒い小羊の毛の毛布を体にかけるとたちまち眠りにおちた。

夜の明ける三時間前、まだ夜であったが、魂が若い漁師を起こしてこういった。

「起きて、商人の部屋にお行きなさい、かれが眠っている部屋に行くんです、そしてかれを殺し、黄金を盗りなさい、われわれにはそれが必要ですから」

若い漁師は起き上がり、商人の部屋に忍んでいった。商人の足の上には偃月刀《えんげつとう》がのっており、商人のかたわらにある盆には、黄金の入った九つの袋がのせてあった。かれは手を伸ばして刀に触れた。触れたとたん商人が驚いて目をさまし、はね起きて刀をつかむと、若い漁師に向かってこう叫んだ。「おまえは恩を仇《あだ》で返すのか、わたしがおまえに示した親切を血で贖《あがな》うというのか？」するると魂が若い漁師にいった。「そいつを撲れ」かれが撲ると商人は失神した。若い漁師は九つの黄金の袋をつかみ、柘榴の庭園を走り抜け、暁の星を目ざし逃げ出した。

街から三マイルのあたりまでくると、若い漁師は胸をたたいて魂にいった。「あの商人を殺し黄金を盗めと、なぜおれに命じたのか？　おまえはまさしく悪人だ」

だが魂はこう答えた。「ご安心を、ご安心を」

「いやだ」若い漁師はどなった。「安心などできるものか、おまえがおれにやらせたことは許せない。おまえも許せない、白状しろ、いったいどうしておまえはこんなひどいことをおれにやらせたのか」

するとかれの魂はこう答えた。「あなたは、わたしをこの世に送りだすとき、心をくださらなかった、だからわたしはこういうことをやるようになり、こういうことを好むようになったんですよ」

「なにをいっているんだ？」若い漁師はつぶやいた。

「あなたにはわかっている」魂は答えた。「ようくわかっているはず。わたしに心をくれなかったことをお忘れですか？　お忘れのはずはない。だからあなたもわたしも悩むことなく、安心しておればよい。あなたが除けぬ苦痛はありませんし、受けいれられぬ快楽はないのですから」

若い漁師はその言葉を聞くと震えだした。「いや、おまえは悪いやつだ、おれに恋人を忘れさせ、おれを唆《そそのか》し、おれの足を罪の道に踏みいれさせた」

すると魂はこう答えた。「わたしに心をくれずにこの世に送りだしたときのことを、あなたはよもやお忘れではないでしょう。さあ、別の街へ行って陽気に愉しみましょうよ、黄金の袋が九つもあるのですから」

だが若い漁師は黄金の入った九つの袋をとり上げると、それをほうりだして踏みつけた。

「いやだ」かれは大声をはりあげた。「おまえなんかにもう用はない。おまえなんかと旅などするものか。前におまえを追い払ったように、こんども追い払ってやる、おまえはおれによいことはなにひとつしてくれなかったからな」かれは月に背を向けると、柄に緑色の鎖蛇の皮を張った短刀で、自分の足もとから、魂の体である自分の影を切り取ろうとした。

それでも魂はかれからはなれようともせず、かれの命令をきこうともしなかった。「魔女があなたに教えたまじないはもう効かない、だからわたしはあなたからはなれないし、あなたはわたしを追い出すこともできない。一生に一度、人間は魂を追い出すことができても、その魂をふたたび取り戻した上は、終生自分のもとにおいておかねばならない、それがそのひとの受ける罰であり報いなのですよ」

若い漁師は蒼白になり、両手を握りしめて叫んだ。「あいつは偽の魔女だったんだな、そんなことはなにもいわなかった」

「いやいや」と魂はいった。「かの女は、自分が崇めているお方に忠実だった、永遠にそのお方の召使でいるでしょう」

若い漁師は、二度とふたたび自分の魂を追い出せないと知り、しかもそれが悪い魂で、永遠につきまとわれるのだと知ると、地面にうちふして激しく泣いた。

昼になると、若い漁師は立ち上がって、魂にいった。「おまえの命令に従わぬように、おれは両手を縛り、おまえが口にする言葉をくりかえさぬように唇を閉じていよう。そしておれのいとしいものが住んでいる場所に戻ることにする。せめてあの海に、あのひとが歌っているあの小さな入り江に戻ろう、あのひとに呼びかけて、おれがしでかした悪行について、おまえがおれにやらせた悪行について話そう」

すると魂はこういってかれを誘惑した。「あなたの恋人とは何者だろう、あなたがぜひとも戻らねばならないというそのひとは？　世界にはかの女より美しいものはたくさんいますよ。さまざまな鳥や獣のしぐさを真似て踊るサマリスの踊り子たちがいます。その足は、指甲花《ヘンナ》で染められ、両手に小さな銅の鈴をもっています。踊りながら笑い、その笑いは水の笑いのように澄んでいる。わたしといっしょにおいでなさい、かの女たちをあなたに見せましょう。罪だとかなんだとかいって、いったいなにを悩んでいるのですか？　食べておいしいものは、それを食べるひとのために作られているのではないですか？　飲んで甘いものに毒が入っているというのですか？　ひとりで悩んでいないで、わたしといっしょに別の街に行きましょう。すぐ近くに小さな街があり、そこに百合の木の庭園があります。その端正な庭には、白い孔雀や青い胸をもつ孔雀が住んでいます。かれらの尾羽根は、太陽に向かってひろげると、さながら象牙の円盤か、黄金の円盤のようですよ。孔雀を飼っている女は、たのしみのために踊りますが、あるときは逆立ちをして踊り、またあるときは足を使って踊るとか。その目はアンティモンで彩られ、その鼻翼は、燕の羽の形をしています。片方の鼻翼にかけた鉤には、真珠から彫りだした花が下がっています。かの女は踊りながら笑い、足首につけた銀の輪が、銀の鈴のようにちりちりと鳴るんです。もう悩むのはやめて、わたしといっしょにその街へ行きましょう」

だが若い漁師はそれに答えず、沈黙の封印で唇をとじ、両手を縄でしっかりと縛り、もとの場所へ、恋人がいつも歌っていたあの小さな入り江へと帰っていった。魂はとちゅう何度もかれを誘惑したが、かれは答えもせず、魂が仕向ける邪悪なこともしなかった。それほどに彼の胸のうちにある愛の力は大きかったのである。

そしてとうとうあの海の浜辺にたどりつくと、かれは両手を縛った縄をとき、沈黙の封印を唇からはがし、かわいい人魚を呼んだ。かの女を求めて一日じゅう呼びつづけたが、かの女はとうとう姿をあらわさなかった。

魂は若い漁師を嘲笑した。「どうやらあなたは恋人からわずかな喜びすら得られないようですね。死にかけているときに、割れた器にむなしく水を注いでいるようなものだ。あなたはもてるものをすべて手放したのに、それに代わるものはなにひとつ得られなかった。わたしといっしょにくるほうがよほどましだ、わたしは『歓びの谷』がどこにあるか知っている、そこでなにが行なわれているかわたしは知っています」

だが若い漁師は返事をせず、岩の裂け目に編み枝の家を建て、そこで一年ほどをすごした。毎朝かれは人魚に呼びかけ、正午になるとまた呼びかけ、夜じゅう、かの女の名を口にした。それでも人魚はかれを迎えるために海から浮かびあがってくることはなかった。洞窟や青波のあいだや、潮だまりや、深海の底にある泉を探しても、どこにも見つけることはできなかった。

そしてそのあいだ魂はたえずかれを悪に誘い、恐ろしいことを囁いた。それでもかれを説き伏せることはできなかった、それほどかれの愛の力は大きかったのである。

そしてその年もおわり、魂はひとり考えた。「わたしはこれまで主人を悪で誘惑したけれども、かれの愛の力はわたしの力より強かった。だからこんどは善いことでかれを誘惑してみよう。そうすれば、きっといっしょにくるだろう」

そこでかれは、若い漁師にこういった。「わたしはこの世の歓びについてお話ししましたね。あなたはなにも聞こうとはしなかった。このたびはこの世の苦しみについてお話ししましょう、それなら聞いてくれるやもしれませんね。真の苦しみは、この世の主ですし、その網から逃れられるものはだれもいません。あるものは衣服に事欠き、あるものはパンに事欠いています。華美な衣をまとってすわりこんでいる寡婦《かふ》もいれば、ぼろをまとっている寡婦もいる。癩者《らいしゃ》が沼地をさまよい歩いているが、かれらは憐れみあうことはありません。乞食が街道を行き来しているが、かれらのずだ袋はからっぽです。ほうぼうの街の道路を『飢餓』が歩いている。『疫病』はかれらの門前にすわりこんでいます。さあ、行って、そういうものを改めさせましょう。そして二度とこのようなことがないようにしましょう。いったいどうして、あなたはこんなところに留まって、恋人の名を呼んでいるのですか、あなたの呼び声に応えてかの女があらわれることはないのに。愛とはなんですか、あなたがこれほどまでに大切にする愛とは？」

だが若い漁師は答えなかった、それほどにかれの愛の力は大きかったのである。毎朝かれは人魚を呼び、正午になるとかの女に呼びかけ、夜になればかの女の名を呼んだ。それでも人魚はかれに会おうと海の底から上がってくることはなかったし、海のどこにもかの女は見つからず、海のどの潮流にも、波間の谷のいずこにも、夜に紫色になる海にも、暁に灰色になる海にもいなかった。

そして二年目が過ぎると、魂は夜、編み枝でつくった家にひとりぼっちでいる若い漁師にいった。「ああ、わたしはこれまであなたを悪しきことで誘惑してきた、そして善きことで誘惑もした。だがあなたの愛はわたしよりも強い。それゆえ、もうあなたを誘惑するのはやめるので、どうかあなたの心のなかにわたしを入れてくれるように願います。そうすれば、わたしは前のようにあなたとひとつになれるでしょう」

「いいとも、入るがいい」若い漁師はいった。「おまえが心をもたずに、この世を歩いていたときは、ずいぶん苦しい思いをしただろうから」

「やあ！」魂が大声をあげた。「入っていく場所がありませんよ、だってあなたの心は愛がぎっしりとりかこんでいますから」

「おまえを助けてやりたいのに」と若い漁師はいった。

若い漁師がそういいおわったとき、海の底から悲嘆の叫びが聞こえてきた、それは海の一族が死んだときにひとびとが聞く叫びだった。若い漁師はとびあがり、編み枝の家をとびだすと、浜辺へ走った。黒い波が岸辺に押し寄せ、銀より白いものを運んできた。それは打ち寄せる波頭と同じくらい白く、波にもてあそばれる花のようだった。寄せ波が波間からそれを受けとめ、寄せ波から泡がそれを受けとめ、浜辺がそれを受けとめ、そして若い漁師は足元に横たわっているかわいい人魚の死体を見た。人魚は死んでかれの足もとに横たわっていた。

激しい痛みに襲われたように、かれはそのかたわらに身を投げ出して慟哭《どうこく》し、冷たくなった赤いくちびるに接吻し、濡れた琥珀色の髪の毛をまさぐった。砂上の亡骸《なきがら》のかたわらに打ち伏し、歓喜に震えているもののように泣き、褐色の腕でそれをひしと抱きしめた。くちびるは冷たかったが、それでもかれは接吻した。蜜色の髪の毛は塩辛かったが、苦い歓びとともにかれはそれを味わった。閉じられたまぶたに接吻したが、まぶたのくぼみに残っているしぶきは、かれの涙ほど塩辛くはなかった。

そして死んだものに、かれは告白をした。貝殻のような耳に、苦い葡萄酒のような物語を注ぎこんだ。かれはその小さな両手を自分の首に巻きつけ、ほっそりとした喉首に指を触れた。その愉悦は苦く、どこまでも苦く、その苦痛には、奇妙な歓びがあふれていた。

黒いうねりがひたひたと押し寄せ、白い泡が病者のように呻く。かぎづめのような白い泡で、海は浜辺につかみかかる。海の王の宮殿から悲嘆の叫びがふたたび聞こえてくる、はるかかなたの海上で、巨大な半人半魚神《トリトン》が法螺貝《ほらがい》を騒々しく吹いていた。

「お逃げなさい」魂がいった。「海はどんどん押しよせてくる、ぐずぐずしていれば、海はあなたを殺しますよ。お逃げなさい、あなたの心は、大きな愛によって閉ざされ、わたしは入ることができないから、わたしは心配なのですよ。安全な場所にお逃げなさい。あなたはよもやわたしに心もあたえずに別の世に送りだすようなことはしないでしょうね」

だが若い漁師は魂のいうことに耳を貸さず、かわいい人魚に声をかけつづけた。「愛は智恵にまさるもの、富より貴く、人間の娘たちの足より美しい。炎もそれを焼きつくすことはできない、水もそれを冷やすことはできない。暁におまえを呼んだのに、おまえは応えてはくれなかった。月にはおまえの名が聞こえたのに、おまえは素知らぬ顔だった。むごいことに、おれはおまえを残して立ち去った。おれはあてもなく彷徨《さまよ》って、わが身を苦しめた。それでもおまえの愛はおれとともにあり、その愛はいつまでも強かった。おれは悪に出会い、善にも出会ったが、愛はいつまでも強く、なにものもそれに打ち勝つことはできなかった。それなのにもうおまえは死んでしまった、だからおれもおまえといっしょに死ぬんだ」

魂はここを去ろうとたのんだが、かれは聞き入れなかった、それほどにかれの愛は強かった。そして海は次第に近づき、その波でかれを包もうとした。最期が迫っていることを悟ると、かれは人魚の冷たいくちびるに狂おしい接吻を浴びせた。そのときかれのなかにあった心が砕けた。そして満ちあふれる愛によって、心が砕かれたとき、魂は心の入り口を見つけて、そのなかに入りこみ、もとどおりかれとひとつになった。そして海は若い漁師の体をその波でおおった。

朝になると司祭が海に祝福をあたえるためにやってきた、ゆうべ海が荒れたからである。司祭といっしょに修道士や楽師たち、そして蠟燭《ろうそく》持ちと香炉振りたちの一団が供をした。

司祭は浜辺に着くと、若い漁師が、波に溺れて横たわっているのを見つけた。両腕でしっかり抱きしめているのはかわいい人魚の亡骸だった。司祭は眉をひそめ、十字を切りながら後じさりし、大声でいった。「わたしは海を、そのなかにあるなにものをも祝福はせぬ。呪われてあれ、海の一族よ、呪われてあれ、かれらと交わる者たちよ。そしてこの男は、愛のために神を捨てたゆえに、神の裁きによって殺され、愛人とともにここに横たわっている。この男の亡骸と愛人の亡骸を、酸性白土《フラー》の原に運び、その片隅に埋めるがよい、そこに墓標は立てるな、いかなる標《しるし》も立てるな、かれらの眠る場所をだれにも知らしめるな。生前かれらは呪われていた、死せるあとも呪われるであろう」

そしてひとびとは司祭に命じられたように、甘い香草など育たぬフラーの原の片隅に深い穴を掘り、そのなかにふたつの亡骸を横たえた。

そして三年が経った。ある聖日に、司祭は教会に行った。主イエスの傷痕を会衆に示し、神の怒りについて説教するつもりだった。

司祭は法衣をまとい、御堂に入って祭壇の前で拝礼したとき、祭壇がこれまで見たこともない奇妙な花で埋められているのに気づいた。見るほどに奇妙な花だが、不思議な美しさがあり、その美しさは司祭の心を乱し、その香りは甘く鼻孔《びこう》をくすぐり、司祭は嬉しさをおぼえたが、なぜ嬉しいのかわからなかった。

そのあと、司祭は聖櫃《せいひつ》を開け、そのなかにある聖体顕示台に香を焚き、美しき聖餅《せいへい》を会衆に示し、しかるのち、幾重にもかさねられた帳《とばり》のむこうにふたたび隠し、神の怒りについて語ろうと会衆に話しかけた。だがあの白い花の美しさが司祭の心を乱した。その花の香りが鼻孔に甘く漂い、別の言葉が司祭のくちびるにのぼった。司祭が話したのは神の怒りについてではなく、愛と名づけられた神についてだった。なぜそんなことを語ったのか、司祭にもわからなかった。

司祭が語りおえると、会衆はさめざめと泣き、聖具室にもどった司祭の目にも涙があふれていた。助祭たちが入ってきて、司祭の着替えを手伝った。まず白衣を脱がせ、帯をとり、腕帛《わんぱく》と頸垂帯《けいすいたい》をはずした。司祭は夢見るひとのようになされるがままに立っていた。

助祭たちが法衣を脱がしおえると、司祭は助祭たちを見て、こういった。「祭壇の前に供えられているあの花はなにか、どこにあったのか?」

かれらはこう答えた。「なんの花か、わたしどもにもわかりませんが、あれはフラーの原に生えていたものです」すると司祭は震えだし、自分の館にもどって祈った。

そして朝になり、空が白むころ、かれは修道士と楽師を引き連れ、蠟燭持ち、香炉振りの一団を引き連れて海辺へと行き、海を祝福し、海に棲《す》むものたちすべてを祝福した。ファウヌスも祝福した、森で踊る小さなものたち、葉陰からのぞく光る目のものたちを祝福した。神の御国《みくに》にいるすべてのものを祝福し、ひとびとは悦びと驚異に満たされた。それでもフラーの原にはどんな種類の花も二度と咲くことはなく、以前と同じ不毛の地であった。海の一族は、以前よく訪れていたあの入り江には二度と姿をあらわさなかった。かれらはよその海に行ってしまったのである。

星の子

昔々のこと、ふたりの貧しい木樵《きこり》が大きな松の森を通って家に向かっていた。冬のそれは寒い夜だった。雪は、地面にも木の枝にも厚く積もっていた。歩いているふたりの両側では、霜が小枝をぴしぴしと折る音が聞こえる。『山の奔流』と呼ばれるところまでやってくると、迸《ほとばし》る水は空中でじっと動かない、なぜなら『氷の王』が流れる水に接吻したからである。

あまりの寒さに獣も鳥もどうすればよいかわからなかった。

「うーっ！」狼《おおかみ》が唸りながら尻尾を足のあいだに入れて、よたよたと低木の茂みを歩いていく。「まったく恐るべき天候だ。いったい政府はどうして手を打たんのだ？」

「しってら！　しってら！　しってら！」緑色の胸赤鶸《むねあかひわ》がさえずった。「老いた大地は死んだのさ、みんながそれを白い屍衣《しい》にくるんでやったのさ」

「大地は結婚するんだよ。これは大地の婚礼衣裳だ」雉鳩《きじばと》が囁《ささや》きあっている。その薄紅色の足は、ひどい凍傷にかかっているのだが、ものごとはなんでもロマンティックにとらえるというのが自分たちの義務だ、とかれらはおもっている。

「ばかばかしい！」狼《おおかみ》が唸るようにいった。「こいつはみんな政府の責任だ、おれさまのいうことを信じないなら、おまえら、食ってやるぞ」狼はえらく実際的な考え方をするたちなので、もっともらしい理屈をでっちあげるのはお手のものだった。

「まあ、わたしにいわせてもらえば」生まれついての哲学者である啄木鳥《きつつき》がいった。「原子説なんぞもちだして説明する気はないな。ものごとがそうであるなら、そうなのだ、現状についていえばたいそう厳しい寒さだな」

まったく厳しい寒さであった。高い樅《もみ》の木のうろに住んでいる小さな栗鼠《りす》は、からだを温めるために、たがいに鼻を絶えずこすり合わせているし、兎《うさぎ》は穴のなかで丸まっていて、外を眺めようともしない。この寒さを愉しんでいるのは、あの木菟《みみずく》だけだ。羽が霜でばりばりになっているのに、そんなことはおかまいなし、大きな黄色の目をぐるぐるさせ、林の向こうにいる仲間たちに呼びかけている。「ほっほー！ほっほー！、なんと素晴らしい天気じゃないか！」

ふたりの木樵《きこり》はずんずんと歩いていく、かじかんだ指にいきおいよく息を吹きかけながら、鉄鋲《てつびょう》をうった大きな長靴で固まった雪を踏みつけながら。一度なんぞ深い雪の吹き溜まりにおちこんで、石臼で小麦を挽《ひ》いている粉屋のように真っ白になって這い上がってきたものだ。一度なんぞは、沼地の水が凍っているところで、堅く、つるつるした氷に足を滑らせて、薪束《まきたば》が包みのなかから転げおちたものだから、それを拾いあげて縛りなおさなければならなかったし、一度なんぞ、道に迷ったような気がして、大きな恐怖に襲われた。なにしろ、雪は、その腕のなかに眠るものに残酷だと知っていたからだ。だがすべての旅人を見守ってくださる善き聖マルティヌスを信じ、自分たちの足跡をたどりなおして慎重に進んでいったおかげで、なんとか森のはずれにたどりつくと、はるか下の谷間に自分たちの村の灯が見えたのである。

木樵たちは、助かったとばかりおおいに喜び、大声で笑った。いまや大地は銀の花のようにおもわれたし、月は黄金の花かとおもわれた。

だが笑ったあとに悲しくなった。自分たちの貧しさを思い出したからである。木樵は相棒にいった。「おれたち、なんでこんなに浮かれてるんだ、人生は金持ちのためにあるんで、おれたちみたいな者のためにあるんじゃないだろ？ おれたちなんぞ、森のなかで凍え死んじまうほうがましさ、さもなきゃ野獣に襲われて食い殺されるがいいのさ」

「まったくだなあ」相棒は答えた。「たくさんもらえる者がいれば、ちっとしかもらえない者もいらあ。不正が、この世を取り仕切っているのさ。平等に分配されるのは悲しみぐらいのもんさ」

だがふたりが互いの貧苦を嘆き悲しんでいると、奇妙なことが起こったのである。なんと天空からきらきら光る美しい星がおちてきたのだ。それは天空の縁を滑りおり、ほかの星たちを追いこしてくる。ふたりが不思議におもいながら見つめていると、それは、石を投げれば届くほど近くにある小さな羊小屋の、そのかたわらの柳の木立のうしろに沈んでいくように見えた。

「おいおい！　あいつを見つけりゃ、壺《つぼ》いっぱいの黄金にありつけるぞ」ふたりは大声をあげて、走りだした。それほど黄金が欲しかったのだ。

足の速いほうが、相棒を追い越し、柳の木立をかきわけて向こう側に出ると、なんと！　たしかに白い雪の上に黄金色に輝いているものがある。木樵は駆けよると腰をかがめて、両手をその上においた。それは金色の薄布でできたマントで、たくさんの星が丹念に刺繍され、幾重にも折りたたまれていた。かれは、天からおちてきたお宝を見つけたぞと相棒に向かって叫び、相棒がすぐさまやってくると、ふたりそろって雪の上にしゃがみこみ、マントを開いた。なかの黄金をふたりで分けられるかもしれない。だが、ああ、なんということだ！　なかに黄金はなく、銀もなく、お宝なんかなにひとつなく、眠っている赤子がただひとりいるばかりだった。

相棒は木樵にいった。「おれたちの望みはぺしゃんこだ。どうせ幸運なんぞ舞いこみゃしないのさ、赤子を拾ってなんの得があるかい？　こいつはここにおいて帰ろうや、おれたちゃ、しょせん貧乏人だ、おれたちのがきどもに食わすパンを他人にやるわけにゃいかねえ」

だが木樵はこう答えた。「いいや、こんな赤子を雪のなかにほっぽっていきゃあ、凍え死ぬにきまってる。おれもおまえとおなじ貧乏人、食わせなきゃならん口はいっぱいあるし、鍋のなかみも乏しいがね、それでもこいつは家に連れてかえって、女房に面倒みさせるさ」

そこで木樵は赤子をそっと抱き上げ、厳しい寒さから守るために、マントでしっかりとくるむと、村を目指して丘をくだっていった。相棒は、かれの愚かしさ、心のやさしさにたいそうおどろいた。

とうとう村にたどりつくと、相棒はこういった。「おまえはその赤子をもっていけ、だからおれにはそのマントをくれ、分かちあうのが当然だろう」

だが木樵はこう答えた。「うんにゃ、このマントはおれのものでも、おまえのものでもない、この子のものだ」そしてじゃあ気をつけてなと相棒にいうと、自分の家に帰り、戸をたたいた。

女房は戸を開け、亭主が無事に帰ってきたのを見ると、両腕をかれの首に巻きつけて口づけをした。それから亭主の背中から薪の束をおろし、長靴の雪をはらいおとして、なかに入るようにいった。

だが木樵は女房にいった。「森のなかであるものを見つけてね、おまえに世話をしてもらおうとおもって持ち帰ったわけさ」そして戸口から動かなかった。

「いったいなにさ」女房は大声をあげた。「見せておくれよ、なにしろ家のなかはからっぽだから、欲しいものはたくさんあるよ」そこでかれはマントをひらき、眠っている赤子を女房に見せた。

「あれま、おまえさん！」女房はつぶやいた。「うちには子どもはもうじゅうぶんいるじゃないか、炉端にいすわる取り替えっ子なんぞ連れてかえることはないだろうに？　だいいち、これがどんな悪運をはこんでくるかわかったもんじゃないだろ？　いったいどうやってこの子を養っていくつもりだい？」女房はご亭主にがみがみいった。「ほんというと、こいつは『星の子』なんだ」かれはいい、これを見つけたときの不思議ないきさつを話した。

だが女房はおとなしくなるどころか、亭主を嘲《あざけ》り、がみがみと怒鳴りかえした。「うちの子たちが腹をすかせているんだよ、もうひとり口が増えてどうするの？　わたしらの面倒をみてくれるひとがどこにいるというの？　だれがわたしらに食べ物を恵んでくれるというの？」

「ああ、でも神さまは、雀《すずめ》の身だって案じて餌を恵んでくださるんだ」木樵は答えた。「雀は、冬に飢え死にはしないというのかい？」女房はいいかえした。「いまは冬じゃないのかい？」木樵は返事をしなかったが、戸口を一歩も動かなかった。

森から吹きつける刺すように冷たい風が開いた戸口から入ってきて、女房を震えあがらせた。女房はがたがた震えながら、ご亭主にこういった。「戸を閉めておくれでないか？　家のなかに冷たい風が吹きこんでくるじゃないの、寒くてたまらないよ」

「つれない心をもつ家には、いつも冷たい風が吹きこむんじゃないのかい？」木樵はいった。女房はなにも答えず、炉端ににじりよった。

しばらくしてご亭主のほうをふりむいた女房の目には涙がいっぱい浮かんでいた。それを見た木樵はすばやくなかに入り、赤子を女房の腕においた。すると女房は赤子に口づけし、いちばん末の子が寝ている小さな寝台にその子を寝かせた。明くる日、木樵は、黄金の奇妙なマントを大きな櫃《ひつ》のなかに入れ、赤子の首にまかれていた琥珀《こはく》の鎖は、女房がはずして、それも櫃のなかに入れた。

こうして星の子は、木樵《きこり》の子どもたちといっしょに育てられ、同じ食卓にすわり、いっしょに遊んだ。年ごとに、星の子はますます美しくなったので、村びとたちは、不思議におもった。というのも、村びとたちの肌は浅黒く髪は黒いのに、星の子の肌は白く、鋸《のこぎり》で引いたばかりの象牙のように肌理《きめ》が細かいのだった。巻き毛は水仙の副花冠《ふくかかん》のようだった。唇は赤い花の花弁のようだし、その目は澄みきった川の縁に咲く菫《すみれ》のよう、体は、草刈り人がやってこない野原に咲く水仙のようだった。

ところがその美しさが、かれに仇となった。だんだん高慢になり、残酷になり、身勝手になった。木樵の子どもたちや村のほかの子どもたちを軽蔑し、卑しい生まれだと嘲り、自分は星から生まれた高貴な身分だと主人顔をし、おまえらはぼくの下僕だといった。貧しいものや、目の見えないものや、手足の不自由なもの、病んでいるものたちに哀れみをかけるどころか、石を投げつけ、街道へ追いはらい、どこかよそで物乞いをして食い物を手に入れろと命じたので、ならず者は別として、この村に物乞いにやってくる者はだれもいなくなった。まことにかれは美に魅いられた者のように、弱いもの、醜いものを愚弄し、嘲笑った。かれは己を愛し、風が静かになる夏の季節には、司祭の果樹園にある泉のそばに横たわり、己の美貌をのぞきこんでは、その美しさに嬉々として笑い声をあげるのだった。

木樵とその女房はしじゅうかれを叱った。「おまえは、だれにも見はなされ救ってくれるものもいない連中に、ひどい仕打ちをしているが、わしらはおまえにそんな仕打ちはしなかった。哀れみが必要なものたちを、なんで邪険に扱うのかね？」

ときどき老いた司祭がかれを呼んで、命あるものを愛する心を教えようとした。

「蠅《はえ》はおまえの兄弟だよ。傷つけてはならぬ。森を飛びまわる野鳥たちには、かれらの自由がある。おまえの愉しみのために罠でとらえてはならぬ。あしなし蜥蜴《とかげ》も土竜《もぐら》も神がお造りなされたもの、それぞれの居場所というものがあるのだよ。神の領域に苦痛をもたらすとは、おまえはいったい何者なのだ？　野にいる家畜でさえ、神を賛美しておるというのに」

だが星の子はそうした言葉に耳をかすどころか、眉をひそめ、馬鹿にしたような顔をして、仲間のところにもどると、かれらを引き回すのだった。そして仲間たちはかれに従った、なにしろ美しく、足も速く、踊りもできるし、笛を吹いて音楽を奏することもできる。星の子のいくところにはどこへでもついていき、星の子がこうせよと命じれば、それに従う。鋭い葦で土竜のどんよりした目を突き刺せば、みんな笑い、癩者に石を投げれば、いっしょになって笑った。いかなる場合もかれが仲間を支配し、仲間もかれと同じように薄情になった。

ある日のこと、哀れな女乞食がこの村にやってきた。着ているものは裂けてぼろぼろ、その足は、これまで歩いてきたでこぼこ道のせいで血まみれだし、見るも哀れな姿だった。くたびれはてた様子で栗の木の下に腰をおろして休んでいた。

だが星の子は女乞食の姿を見ると、仲間にこういった。「見ろよ！　緑の葉が繁《しげ》っているあの美しい栗の木の下に、汚らしい女乞食がすわってるぞ。さあ、あいつを追っ払おうぜ、あんな醜い汚らわしいやつなんか」

そこで星の子は女乞食に近づくと石を投げつけ嘲った。女乞食は恐怖のまなざしでかれを見たが、その目はかれからはなれなかった。すぐ近くの干し草置き場で丸太を切っていた木樵は星の子のやっていることに気づくと、駆けよってきつく叱りつけた。

「おまえはなんという薄情なやつなんだ、憐れみというものを知らないのか、このひとが、おまえにこんな扱いを受けねばならんような、どんな悪いことをしたというんだ?」

すると星の子は真っ赤になって怒りだし、地団駄《じだんだ》を踏んでこういった。「ぼくのやることにいちいち口出しをするなんて、いったいあんたは何さまか? ぼくはあんたの息子じゃないんだから、命令されるいわれはないよ」

「たしかにそうだな」木樵は答えた。「だがね、おまえを森のなかで見つけたときに、おれはおまえに情けをかけてやったんだぞ」

女乞食は木樵のこの言葉を聞くなり、大きな叫びをあげて失神してしまった。木樵は、女を自分の家に運んでいき、女房が女を介抱した。やがて女が意識をとりもどすと、木樵夫婦は、女の前に滋養になる食べ物や飲み物を並べ、ゆっくりお食べとすすめた。

だが女は食べようとも飲もうともせず、木樵にこう尋ねた。「あなたはさっき、あの子を森で見つけたといいませんでしたか？　それは今から十年前のことではありませんでしたか？」

そこで木樵は答えた。「ああ、森であの子を見つけたんだよ、それは今から十年前のことだった」

「それであの子といっしょにどんなしるしを見つけましたか？」女は大声でいった。「首に琥珀の鎖をつけてはいませんでしたか？　その子は、星の縫い取りのある金色の薄布のマントにくるまれてはいませんでしたか？」

「たしかに」と木樵は答えた。「あんたのいうとおりだった」そうして彼はマントと琥珀の鎖を櫃のなかからとりだして女に見せた。

それを見た女は嬉しさのあまり泣きだした。「あの子は、森のなかで見失ったわたしの息子です。どうかあの子をすぐに連れてきてください、あの子を探して、わたしは世界じゅうをさまよってきたのです」

そこで木樵の夫婦は、星の子を呼びにいき、かれにこういった。「うちにお入り、母さんに会えるよ、母さんがおまえを待っている」

かれは驚きと大きな喜びで胸をふくらませながら、うちのなかに駆けこんだ。だがそこに待っていた女を見ると、かれは嘲るように笑った。「ねえ、ぼくのお母さんはどこにいるの？　汚ならしい乞食女しかいないじゃないか」

女が答えた。「わたしがおまえの母親です」

「そんなことをいうなんて、頭がおかしいんだ」星の子は怒鳴った。「ぼくはおまえの息子なんかじゃない、だっておまえは乞食じゃないか、ぼろをまとった醜い女じゃないか。さあ、出ていけ、そんな穢《けが》らわしい顔を二度と見せるな」

「いいえ、あなたはたしかにわたしの息子です、あの森でわたしが産んだ子です」女は叫ぶなり、がくりと膝をつき、両手をさしだした。「盗賊がわたしからあなたをとりあげて、死ぬがいいとおまえを置き去りにしたのですよ」女は小声でいった。「でもあなたを見たとき、すぐにあなただとわかりました。おしるしもわかりましたよ、黄金色の薄布のマントと、琥珀の鎖。だからどうかわたしといっしょにきておくれ、あなたを探して世界じゅうをさまよい歩いたのだから。どうかいっしょにきておくれ、息子よ、わたしはあなたの愛がほしいのですよ」

だが星の子はぴくりとも動かず、心の扉をぴしゃりと閉ざしてしまい、聞こえるのは女のしぼりだすような泣き声ばかりだった。

そしてようやく口を開いたかれの声は硬く、辛辣《しんらつ》だった。「もしおまえがほんとうにぼくの母親なら」とかれはいった。「ここに近よらずにいたほうがよかった。ぼくに恥ずかしいおもいをさせるためにくるとはな、星の子だとぼくはおもっていたんだからな。おまえがいうような乞食の子じゃないんだからな。だから出ていくがいい、二度とぼくの前にあらわれるな」

「ああ！　わが息子よ」女は叫んだ。「去る前に、わたしに口づけをしてはくれまいか？　おまえを探し出すために、それは苦しい思いをしたのですよ」

「いやだ」星の子はいった。「おまえは見るにたえないほど醜いよ。鎖蛇《くさりへび》か蟇《ひきがえる》に口づけするほうがまだましさ」

すると女は立ち上がり、激しく泣きながら森のなかに入っていった。女の姿が見えなくなると、星の子は大喜び、いっしょに遊ぼうと遊び仲間のところにもどっていった。

ところがかれらは星の子を見ると、嘲るようにこういった。「なんだこいつは、蟇みたいに臭いぞ、鎖蛇みたいに忌まわしいな。あっちへ行け、おまえなんかと遊ぶもんか」かれらは星の子を庭の外に追いやった。

星の子は眉をひそめて呟いた。「やつらがこんなことをいうなんて、いったいどうしたことだ? 泉をのぞきに行ってみよう、そうすればぼくが美しいとわかるはずだ」

そこでかれは泉へ行き、水面をのぞきこんだ。するとどうだ! かれの顔は蟇の顔、体は鎖蛇のように鱗がはえていた。かれは草の上に打ちふして大声で泣いた。「きっとぼくが犯した罪のせいでこうなったんだ。ぼくは自分の母親を認めずに追い払った。得々として母親にむごいことをいった。だから母親を探しに世界じゅうを歩こう、母親を探し出すまではいっときも休むまい」

そこへ木樵のかわいい娘がやってきて、かれの肩に手をおくと、こういった。「あんたが美しくなくなったからといって、それがなんだというの? うちで暮らせばいい、あたしはあんたをばかにしたりはしないから」

星の子は娘にいった。「いいや、ぼくは自分の母親にむごいことをした、その報いでこんな忌まわしいことになったんだよ。だからぼくは行かなくちゃならない、そして母さんが見つかるまで世界じゅうを歩いてまわるんだ。母さんが許してくれるまで」

そうして星の子は森のなかに走りこむと、戻ってきてくれと母親を呼んだが、答えはなかった。ひねもすかれは呼びつづけ、日が沈むと落ち葉の臥所《ふしど》に横になってねむった。鳥や獣たちは、かれを見ると逃げだした、かれが残酷だったことをおぼえていたからだ。かれをじっと見ている蟇《ひきがえる》と、ゆっくりと這っていく鎖蛇《くさりへび》がいるばかりで、かれはひとりぼっちだった。

朝になると起き上がり、苦い木の実を摘んで食べた。それから大声で泣きながら、深い森のなかを進んでいった。出会うものがいると、もしや自分の母親に会わなかったかと尋ねた。

土竜《もぐら》にはこういった。「きみは地面の下にもぐれるんだね。ぼくの母さんがそこにいるかどうか教えてくれないか?」

すると土竜は答えた。「おまえはわたしの目をつぶしたじゃないか、わたしにわかるわけがない」

かれは胸赤鶸《むねあかひわ》にいった。「きみは高い木の上も飛べるんだから、世界じゅうが見えるだろう。どうか教えておくれ、ぼくの母さんが見えるかどうか？」

胸赤鶸は答えた。「おまえはわたしの羽を面白がって鋏《はさみ》で切ったじゃないか。どうやって飛べるというのさ？」

樅《もみ》の木のうろにひとりぼっちで住んでいる小さな栗鼠《りす》にはこういった。「ぼくの母さんはどこにいる？」

すると栗鼠は答えた。「おまえはわたしの母親を殺した。自分の母親も殺すつもりかい？」

星の子は泣いて頭をたれ、神がお創りになったものたちに許しを乞うた。そしてなおも森のなかを進み、あの女乞食を探しまわった。そして三日目に森の向こう側に出ると、平原におりていった。

いくつもの村をとおったが、村の子どもたちはかれを嘲り、石を投げた。農夫たちは、かれが見るからに不潔な姿だったので、蓄えてある小麦に白黴《しろかび》をもちこむといけないからと、牛小屋で眠ることも許そうとはせず、雇い人たちはかれを追い出し、だれひとりかれを哀れむものはいなかった。三年のあいだ世界じゅうを流浪したが、どこへ行っても母親であるあの女乞食の噂を耳にすることはなかった。たまにあの女が前を歩いているような気がして、つい呼びかけたり、尖った燧石《すいせき》に足を傷つけられ血まみれになりながら追いかけたりした。だが一度も追いつくことはできなかったし、街道沿いに住んでいるひとびとは、女乞食を、あるいは女乞食に似たものも見かけたことはないといい、悲しむかれをからかうのだった。

三年という年月のあいだ、かれは世界じゅうをさまよい歩いたが、この世界にはかれによせられる愛情もなく、温かな思いやりもなく、情けもなかった。だがそれはかれが傲慢だったころに、己が生みだした世界と同じだった。

ある夕方のこと、かれは川辺に建つ堅固な城壁をめぐらした街の門の前にやってきた。くたびれ果て、足は傷ついていたが、門をくぐろうとした。だが警備にあたっていた兵士たちが、入り口を斧槍でふさぎ、乱暴な口調でかれに訊いた。「この街になんの用か?」

「わたしは母親を探しているのです」とかれは答えた。「どうか通してくださいまし、母親がこの街にいるかもしれないのです」

だが兵士たちはかれを嘲笑《あざわら》った。そのうちのひとりが、黒い顎鬚《あごひげ》をうごめかしながら、楯をどんとおろして怒鳴った。「まったくなあ、母親はおまえを見てもよろこぶまいよ、だっておまえは沼の蟇《ひきがえる》より、沼地を這っている鎖蛇《くさりへび》よりもずっと醜いぞ。立ち去れ。立ち去れ。おまえの母親はこの街には住んではおらん」手に黄色の旗をもった別の兵士はこういった。「おまえの母親は何者だ。どうして母親を探している?」

かれは答えた。「わたしの母親は、わたしと同じような物乞いです。わたしは母親にひどい仕打ちをしたんです。どうかここを通してください、母親がこの街に住んでいるなら、許しを乞いたいのです」だがかれらは通してはくれず、槍の先でかれをこづいた。

泣きながらかれが引き返そうとすると、黄金の花を象嵌《ぞうがん》した鎧《よろい》を着て、翼をもつ獅子をいただく兜をかぶった者が、つかつかと近づいて、兵士たちに、街に入ることを望んでいるそやつはいったい何者なのかと訊いた。すると兵士たちは答えた。「これは物乞い、物乞いの息子でございます、ですから追い払いました」

「いやいや」男は笑いながら大声でいった。「その汚いやつを奴隷として売ってやろう。値段は、鉢一杯の甘い葡萄酒ぐらいだな」

そこへ悪人面をした年老いた男が通りかかり、声をかけてきた。「その値《ね》でこいつを買おう」老爺《ろうや》は買い値を払うと、星の子の手をひいて街のなかに入っていった。

それからふたりは通りをいくつも歩き、やがて、柘榴《ざくろ》の木の茂みに隠れた壁にとりつけてある小さな扉の前に立った。老爺が、碧玉を彫って作った指輪を扉にふれると、扉は開き、ふたりは五段ある真鍮の階段をおり、黒い罌粟《けし》の花や、焼き粘土の緑色の壺などがたくさん並んでいる庭に入っていった。それから老人は、自分のターバンから紋織の絹のスカーフをとりだし、それで星の子に目隠しをし、かれを追い立てた。そしてスカーフが目からはずされると、星の子は、自分が角《つの》製のカンテラに照らされた地下牢にいることに気づいた。

それから老爺は、黴《か》びたパンを大皿にのせてかれの前におき、「お食べ」といい、それから茶碗に入った塩気のある水を「お飲み」といった。かれがそれを食べ、水を飲んでしまうと、老爺は出ていき、扉に鍵をかけ、さらにそれを鉄の鎖でかたく縛った。

さて翌日、ナイルの霊廟《れいびょう》に住む者から技を学んだという、リビアでもっとも性悪な魔術師であるこの老爺は、かれのところに入ってくると、眉をひそめてかれを睨みつけ、こういった。「異教徒が住むこの街の門に近い森に、金貨が三枚ある。一枚は白い金貨、もう一枚は黄色い金貨、そして三枚目は赤い。きょうは白い金貨をとってくるがいい、もしとってこなければ、鞭打ちを百回だ。早く行け、日が沈むころに、庭の扉の前で待っている。白い金貨をとってくるのだぞ、さもないと、ひどい目にあうからな。なにしろおまえはわたしの奴隷だ。鉢一杯の甘い葡萄酒の価《あたい》でおまえを買いとったのだからな」かれは紋織の布で星の子の目を覆うと、先に立って家のなかを通り抜け、罌粟《けし》の花が咲きみだれる庭を横切り、真鍮の階段を五段あがった。あの指輪で小さな扉をあけ、かれを通りに押し出した。

星の子は、街の門を出ると、魔術師にいわれたあの森にやってきた。この森は、外から見たところはとても美しく、鳥が歌い、甘い香りのする花が咲きみだれているように思われたので、星の子はよろこんで入っていった。だがかれにとってその美しさはほとんど役に立たず、どこへ行こうと刺々しい茨《いばら》や山査子《さんざし》が地面から生えてきてかれをとりかこみ、意地悪な刺草《いらくさ》がちくちくとかれを刺し、薊《あざみ》がその短剣でかれを突き刺してひどい目にあわせた。それに魔術師のいった白い金貨は、朝から午《ひる》まで、午から夕暮れまで探しつづけても見つからなかった。日が沈むとかれは激しく泣きながら家に向かった。いかなる運命が自分を待っているかわかっていたからである。

だが森のはずれにたどりつくと、藪のなかでだれかが苦しそうな叫びをあげるのが聞こえた。自分の悲しみも忘れ、その場所に駆けもどってみると、小さな野兎が、猟師のしかけた罠に捕らえられていた。

星の子は野兎を哀れにおもい、罠から放してやると、こういった。「ぼくは奴隷の身だけど、おまえを自由にしてやることはできるんだ」

野兎はこう答えた。「たしかにわたしを自由にしてくださった、お礼になにをさしあげたらいいでしょう?」

星の子はいった。「ぼくはね、白い金貨を一枚探しているんだけど、どこにも見つからないんだ、そいつをもって帰らないと、主人に鞭で叩かれるんだよ」

「わたしについていらっしゃい」野兎はいった。「わたしが案内しますよ、それがどこに隠されているか、どんな目的で隠されているか知っていますから」

そこで星の子は野兎についていった、するとなんと、大きな樫の木の割れ目に、探していた白い金貨があったのだ。かれはうれしさでいっぱいになり、それを拾うと野兎にいった。「おまえにしてあげたことの何倍ものものを返してくれた、ぼくの親切の百倍ものものを返してくれたんだね」

「いいや」と野兎は答えた。「あなたがわたしにしてくださったことを、わたしもしたまでですよ」そういうと野兎はさっと走り去った。星の子は街を目指して歩きだした。

街の門までくると、癩者がすわっていた。灰色の亜麻布の頭巾をかぶり、のぞき穴から見える目が赤く燃える石炭のように光っていた。星の子がやってくるのを見ると、木鉢を叩き、鈴をじゃらじゃら鳴らして、かれを呼びとめた。「金貨を一枚おくれでないか、さもないと飢え死にしてしまう。街からほうりだされてね、ここにはわしを憐れんでくれるものはだれもいない」

「ああ！」と星の子は大声でいった。「この袋には金貨が一枚しか入っていないんだよ、こいつを主人のところにもっていかないと鞭で打たれるんだ、だってぼくは奴隷なんだもの」

だが男が哀れな声でしきりに懇願するものだから、とうとう星の子も哀れになり、たった一枚の白い金貨をかれにやってしまった。

星の子が魔術師の家にもどると、魔術師は扉をあけてかれを中へ入れた。「白い金貨をもってきたか?」星の子は答えた。「もっていません」すると魔術師はかれに襲いかかって撲りつけ、からの木皿をかれの前において「食え」といい、からの茶碗をかれの前において「飲め」といい、ふたたびかれを地下牢にほうりこんだ。

朝になると魔術師がやってきてこういった。「もしきょう黄色の金貨をもってこなければ、おまえを一生おれの奴隷にし、鞭打ちを三百回してくれるぞ」

そこで星の子は森に行き、一日じゅう黄色の金貨を探したが、どこにも見つからなかった。日が沈むと、かれはすわりこんで泣きだした。泣いていると、罠から救い出してやったあの野兎がやってきた。

野兎はこういった。「なんで泣いているのですか? いったい森でなにを探しているんです?」

星の子は答えた。「ここに隠されている黄色の金貨を探している。それが見つからないと、主人に鞭で打たれて、一生奴隷にされてしまうんだ」

「ついておいでなさい」と野兎はいうなり、森を走りぬけ、小さな池にやってきた。池の底には、黄色の金貨が沈んでいた。

「なんとお礼をいえばよいのだろう?」星の子はいった。「だって、きみがぼくを助けてくれたのはこれで二度目だもの」

「いいえ、あなたのほうがさきにわたしに哀れみをかけてくれたのです」野兎はそういうと、さっと走り去った。

星の子は黄色の金貨を手にとり、それを小袋のなかに入れると、街へいそいだ。だがあの癩者がかれの姿を見ると駆けよってきて、膝をついて叫んだ。「どうかお恵みを、さもないと飢え死にしてしまいます」

そこで星の子はいった。「この小袋には黄色の金貨が一枚入っているけれど、これを主人のところにもっていかないと、ぼくは鞭で打たれて、一生奴隷にされてしまうんだよ」

だが男が必死にたのむので、星の子はかれを哀れみ、黄色の金貨をあたえたのである。

魔術師の家にもどると魔術師が扉をあけ、かれを家のなかに入れて、こういった。「黄色の金貨をもってきたか?」星の子は答えた。「もっていません」すると魔術師はかれに襲いかかり、かれを撲り、鎖で縛りあげるとふたたび地下牢にほうりこんだ。

翌朝、魔術師がやってきてこういった。「きょう、赤い金貨をもってきたら、自由にしてやろう。だがもってこなかったら、かならず殺してやる」

そこで星の子は森へ行き、一日じゅう赤い金貨を探しまわったが、どこにも見つからなかった。夕方になると、すわりこんで泣いた。泣いているとあの小さな野兎がやってきた。

野兎はこういった。「あなたが探している赤い金貨は、あなたのうしろの洞穴のなかにありますよ。だからもう泣かずに、笑顔になってくださいね」

「どんなお礼をすればよいだろう?」星の子は大声でいった。「だってほら、きみがぼくを助けてくれたのは、これで三度目なんだよ」

「いいや、あなたのほうがまずわたしに憐れみをかけてくれたのですよ」野兎はそういうと、さっと走り去ってしまった。

星の子が洞穴に入っていくと、そのいちばん奥のすみっこに赤い金貨が見つかった。それを小袋のなかに入れると、大急ぎで街に帰った。かれがやってくるのを見つけた癩者は、道のまんなかに立ちはだかり、かれに向かって声をはりあげた。「赤い金貨をおくれ、さもないとわしは死んでしまう」星の子はまたもやかれを憐れみ、赤い金貨をあたえると、こういった。「ぼくよりおまえのほうが、よっぽどこの金貨が必要なんだね」それでもかれの心は重かった、恐ろしい運命が待ちかまえているのがわかっていたからである。

ところが見よ！　かれが街の門を入っていくと、番兵たちが頭を下げ、臣従の礼を示し、こういったではないか。「わが殿はなんとお美しい！」市民の群れがかれのあとをついてきて叫んだ。「たしかにこの世にこれほどの美男子はおられない！」そこで星の子は泣きながら、こうおもった。「みんながぼくを嘲っている、ぼくの惨めな思いをなんともおもっていないんだ」あまりにもたくさんの群衆にもまれるうちに、かれは道を見失い、いつしか大きな広場に出ていたが、そこには王の宮殿があった。

宮殿の門が開き、司祭や街の高官たちが走り出てかれを迎え、かれの前に深々と頭を下げた。「あなたさまは、われわれがお待ち申し上げていた貴いお方です、われらが王のご子息であらせられます」

星の子はかれらにこう答えた。「ぼくは王さまの息子じゃない、貧しい女乞食の子どもですよ。それになんでぼくのことを美しいなんていうんです、こんな醜い顔をしているのに?」

黄金の花を象嵌した鎧を着て、翼をもつ獅子をいただく兜をかぶった兵士が楯を高くかかげて叫んだ。「美しくないと、わが君はなぜ仰せられるのですか?」

星の子が楯に映った自分の顔を見ると、ああ、なんと! その顔は、以前のような美しさをとりもどし、自分の目のなかにかつて見たこともないものが見えたのである。

司祭と高官たちはかれの前に跪いた。「今日この日に、われらを治めてくださるお方があらわれるという古《いにしえ》の予言があったのです。したがいまして、わが王よ、この王冠と王笏《おうしゃく》をお受けくださいませ、そしてわが王よ、正義とお慈悲をわれらにおあたえくださいませ」

だが星の子はこう答えた。「自分を産んでくれた母親を拒んだわたしにそのような値打ちはない。母親を探しだし、許しを乞うまでは心を安んじることはできません。このまま行かせてください、ふたたび世界を流浪しなければならない、いくら王冠や王笏を賜ろうと、ここに留まることはできないのです」そういうと、街の城門に通じる道のほうに顔を向けた、すると、ああ、なんと! 兵士のまわりに押しよせている群衆のなかに、母であるあの女乞食の姿が見えたのである。そのかたわらには、道ばたにすわりこんでいた、あの癩者が立っていた。

歓喜の叫びがかれの唇から迸《ほとばし》り、かれは母親に駆けよると、跪《ひざまず》いてその足の傷に口づけをし、涙でその傷を濡らした。かれは頭を地面にこすりつけ、胸がはりさけるほど泣きじゃくりながら、母親にいった。「お母さん、わたしは、高慢だったころ、あなたをはねつけました。謙虚な心を知ったわたしを受け入れてください。お母さん、わたしはあなたに憎しみを投げつけた。どうかわたしに愛をください。お母さん、わたしはあなたを拒絶した。あなたの子を受け入れてください」だが女乞食はひとことも言葉を発しなかった。

かれは両手をさしのべ、男の白い足をつかんでいった。「わたしはみたびあなたに情けをかけた。わたしの母に、どうか口を開くようにいってはくれませんか」だが男もまたひとことも言葉を発しなかった。

かれはふたたびすすり泣きながらこういった。「お母さん、わたしの苦しみは、もう耐えがたいほどです。どうかわたしをお許しください。そしてまた森へ帰してください」すると女乞食はその手をかれの頭におき、こういった。「お立ちなさい」すると癩者もその手をかれの頭においてこういった。「立つがいい」

星の子は立ちあがり、ふたりを見ると、おお、なんと、かれらは王と王妃であった。王妃がかれに申された。「そなたが助けたのはそなたの父上ですよ」

そして王が申された。「そなたが涙でその足を洗ったのは、そなたの母上だ」

王と王妃はかれに寄り添って接吻し、かれを宮殿に伴い、美しい衣服に着替えさせ、その頭上に王冠をのせ、その手に王笏をあたえた。そうしてかれは川べりの街を治めることになり、その王となった。かれはすべてのひとびとに、正義と慈悲とをふんだんにあたえ、あの性悪な魔術師を追放し、木樵夫婦には、たくさんの立派な褒美をおくり、その子たちには誉れ高い名誉をあたえた。鳥や獣に残酷な仕打ちをすることを禁じ、愛情と温かい人情と慈悲の心を教え、貧者には食べものをあたえ、裸の者には衣服をあたえたので、この地は平和で豊かになった。

だがかれの治世は長くはつづかなかった、その苦難があまりにもひどく、試練の炎があまりにも烈しかったため、わずか三年ののちに、かれはこの世を去った。そしてかれのあとを継いだ者は悪政をしいたということである。

解説　魂の迷宮への誘い――オスカー・ワイルドの「童話」を読む

田中 裕介
（青山学院大学准教授）

ワイルドの「童話」は、日本でもイギリスでも「幸福な王子」「身勝手な大男」を中心に「思いやり」の大切さを説く物語として主に読まれている印象がある。子供の読者を想定して、そのようなメッセージを強調するようにリライトされて刊行されることも多い。しかし、たとえば「幸福な王子」では、「王子」は自らの身を覆《おお》っていた宝石と金箔を貧しい人びとへと分け与えて次第にみすぼらしい外観になり、一方で「燕」はその姿に寄り添いつづけ最終的には生命《いのち》を落とすことになる。その読後感を、「思いやり」の大切さといった道徳的教訓に即してまとめようとしても、この「王子」と「燕」の行為には、簡単にはそれを許さない過剰なものがある。そして過剰であるがゆえにこの「思いやり」には、読者の魂を揺さぶるものが潜んでいる。そこでむしろ本書に収録された一連のワイルドの「童話」を、既成の道徳的な教訓を当ててはめるだけの味気ない(子供向けの?)読み方から卒業するための一般的なテキストとして扱ってみたいと思う。

そのような道徳には還元できない「童話」を書いたオスカー・ワイルドとはどのような人間だったのだろうか。ワイルドという作家をある程度知っている人ほど、ワイルドと「童話」という取り合わせを意外と思うであろう。代表作である小説『ドリアン・グレイの肖像』(一八九一年)と戯曲『サロメ』(一八九三年)など、美的な快楽と性的な欲望を中心とする個人としての生き方を貫く人物を登場させた作品群によって一世を風靡しただけでなく、自身の派手な言動と服装で、イギリスのみならず、アメリカでもフランスでも一九世紀末の当時大有名人だった文学者。そのようなイギリス世紀末を代表する唯美主義者であり、筋金入りの個人主義者であった芸術家のイメージは、子供向けの物語を創作していたという事実と、もしかしたらうまく結びつかないかもしれない。

しかしこの落差を埋める簡単な事実がある。ワイルドは一八八四年、弁護士の娘コンスタンス・ロイドと結婚して、一八八五年と一八八六年にシリルとヴィヴィアンという二人の男児を儲けているのだ。幸福な二児の父親としてのワイルド。第一童話集

『幸福な王子とその他の物語』(以下『幸福な王子』)の刊行が一八八八年であり、第二童話集『柘榴の家』の刊行が一八九一年であるから、ワイルドの「童話」は自分の幼い子供たちに読みきかせることを目的のひとつとして書かれたと言ってよいだろう。

ワイルドの妻もそうだが、ワイルドの息子というのも、それだけでドラマティックな存在である。当時は男性間の性的行為を禁じる法律が存在し、ワイルドはそのために有罪判決を受けて、二年間の獄中生活を余儀なくされた。もちろん一八九五年の父親の運命の暗転は、二人の子供の人生を一変させることになる。妻コンスタンスは父親の汚辱が息子たちの身に及ばないように、ホランドという自分の一族に所縁《ゆかり》のある名字を新たに選んで付けると、スイスの寄宿舎へと送り出し、やがて出獄した父親の面会を許さないように手配する。しかし絶頂期の若い父親の姿しか知らなかったことが、少なくとも下の息子ヴィヴィアンには幸福な作用を及ぼしたといえるかもしれない。

成長した兄のシリルは軍人の道を選ぶが、やがて勃発した第一次世界大戦に出征して、一九一五年にヨーロッパ大陸の戦場で生命を落としている。享年三十。一方、弟のヴィヴィアンは法律などを勉強した後、こちらも第一次世界大戦に出征しているが生き延び、一九六七年に死去するまで著述家・翻訳家として活動をつづけることになる(その一人息子が、誰が見てもオスカーの血を引いていることがわかる面貌のマーリン・ホランドで、彼はワイルド研究家でもある。彼にも一人息子がいるのでワイルドの直系はかろうじて保たれている)。ヴィヴィアンには、父親の恋人だったロバート・ロスと提携してワイルドの著作の整理刊行作業に力を尽くした功績があるが、著作家としての代表作はやはり一九五四年に刊行した『オスカー・ワイルドの息子』ということになろうか。その中には著作家として絶頂期にあった父親ワイルドとともに過ごした幸福な幼年時代の回想が記されている。その記述によれば、父親が「身勝手な大男」の物語を読みきかせてくれるうちに目に涙をためているのに気づいたので、理由を訊ねると、美しいものはつねに涙を誘うものだ、と答えたというのである。

作者であるワイルド自身に涙を流させたその「童話」の「美しさ」は、思いやりの大切さを説く道徳的教訓とは微妙にすれ違う。同時にまたそれは、単に言葉の表面だけを着飾った美しさとも異なっている。確かにワイルドの「童話」には、言葉の洗練が醸し出す美しさがあるが、ここで言葉は静止した姿で眺められる対象ではない。比較的単純な構文の連鎖の中で、華麗さと精確さの均衡をとりながら言葉が選択され、その配置を通して、もう一つの現実が構成される。その言葉の配置の時間的過程からワイルドの散文特有の複雑な美しさが生じている。この物語構成と結びついた言葉の組み合わせ術の実践を、日本においてもっとも正しく受け継いだのは、谷崎潤一郎だったのではないだろうか。日本人文学者のワイルド受容というと必ず名前が挙げられる三島由紀夫であるが、日夏耿之介訳『サロメ』との衝撃的な出会いのエピソードからも了解されるように、基本的には翻訳を通じての受容であっただろう。その点『ウィンダミア卿夫人の扇』の翻訳(一九一九年)を著わしている谷崎は、ワイルドの英語を読んでいた。「英語でワイルドを読んでいた」と言うよりも、そのように言っておきたい。

そこで思い出されるのは、丸谷才一が谷崎の『文章讀本』(一九三四年)中の「文法」なる語はすべて「英文法」と置き換えることで正しく意味が了解されると喝破した着眼である。この見立てが正しいとするならば、谷崎はそれだけ英語との格闘を通じて自らの文体確立を図ったということになるのだが、ここで谷崎にとっての「英語」とは主にワイルドの英語なのではないかと考えてみたい。たとえば大正期の小説

『人魚の嘆き』（一九一七年）にしても、『柘榴の家』所収のワイルドの「漁師とその魂」との、「人魚」という形象を通した共通性は了解しやすいが、潜在的な「英文法」に正確に則《のっと》っているかのような端正な日本語の構造が伝える物語の展開と絢爛たる措辞《そじ》のバランスは、ワイルドの散文フィクション、とりわけ「童話」において実現されている全体的な言葉の美しい佇《たたず》まいに多くを学んでいるように思われる。そのような散文の美しさを実現した著者の意図を求めて、ワイルド「童話」の迷宮の中をしばしさまよってみたい（以下、「解説」の性格上、結末についても触れている物語が多いので、未読の方は注意されたい）。

「幸福な王子」が過剰に呈示していた「思いやり」に対比される態度は、『幸福な王子』を構成する諸篇すべてを通して、「わがまま」あるいは「身勝手」として物語の中で描き出されている。タイトルにそのまま selfish という語が採用されている「身勝手な大男」がもっとも解りやすいかもしれない。自分の庭で子供たちが遊ぶことを禁じていた「身勝手な大男」だが、自分の庭に季節がめぐってこないのをいぶかしく思うことになる。しかし子供たちの訪れとともに季節が織りなす見事な光景が庭に展開するのを見て、卒然と己の「身勝手」を悟り、庭を子供たちに開放する。ここで話が終わっていれば、単に「身勝手」の悪に対して「思いやり」の善を説く道徳的な物語の枠組みにすんなりと収まっていたであろう。「身勝手」を悔い改めた「大男」が、「思いやり」の大切さを教えてくれた子供たちと永遠に幸福に暮らすといった結末が待っていたのかもしれない。しかしワイルドの物語には、時間の経過が導入される。数年を経たある日、もっとも彼が気に入っていた小さな男の子との再会を契機とした大男の死とともに物語は結ばれるのである。「身勝手」に対する「思いやり」の大事さを説く予定調和の構図が、最終的に死に至り着く時間の流れに否応なく押し流されてしまう。

「幸福な王子」では、その時間がかなり意識的に扱われている。時間の流れない快楽に満ちた「無憂宮《サンスーシ》」で暮らしていた王子は死んで像として顕揚《けんよう》される。そこで王子の時間が静止するはずが、貧しく恵まれない人間の生活への同情に身を苛《さいな》まれる中で、逆に本当の時間が流れはじめる。この本当の時間は、王子にとってはひとつひとつ貴重な身体の部位を引き剝がす苦痛に満ちた過程をくぐり抜けることだった。その果てにも死という帰結が待っていた。王子の苦痛の時間に寄り添う運命を選んだ燕という存在が、その儚《はかな》い生命を王子に捧げると、王子の鉛の心臓も二つに割れてしまう。燕の死骸と王子の鉛の心臓は市民たちによって塵芥《じんかい》の山に棄てられるが、しかしながら最後には神の祝福を受けることになる。

「幸福な王子」の結末は、「身勝手」と「思いやり」という道徳的な枠組みの背後に、「個人」と「社会」の対立がひそんでいることを教えてくれる。ワイルドにとって、「思いやり」とは単に漠然とした他人への同情ではなく、一人の個人の運命的な選択によって自分の生死を賭けて他人に尽くすことであった。しかし一方で、社会の側の時間は、その個人の運命を顧慮することなく冷淡に流れてゆく。「小夜啼き鳥と薔薇」において「小夜啼き鳥」は学生の恋愛の成就のために自らの生を捧げて薔薇を赤い色に染めるが、その薔薇は学生の恋愛の役には立たず、無残にも棄てられる一方で、学生は恋を諦めて書物の世界に戻る。個人の運命的な決断と、その成果を冷たく撥ねつける社会の対比が印象深く刻み込まれている。二〇世紀において森鷗外、トーマス・マン、三島由紀夫といった小説家たちにもっともよく受け継がれているように思われるワイルド的物語構成の感触がここにはある。そしてこの対比はもはやワイルドにあって断絶といってもよく、その断絶を前にして個人は犠牲として自らの生命を捧げる運命から逃れることはできない。「幸福な王子」「小夜啼き鳥と薔薇」「身勝手な大男」においては、それでも個人の側には、「王子と燕」「小夜啼き鳥と薔薇」「大男と少年」の間に運命的な出会いがあり、愛といってもよいその貴重な接触には、社会とは別次元の至高の価値が込められていた。しかしながらその構図に拘泥するのであれば、ワイルドは一人の遅れてきたロマン主義者にとどまっていただろう。

あとの二篇「忠実な友」と「非凡なる打ち上げ花火」においては、社会の論理に対峙する個人の運命はもはや無意味なものでしかない。「忠実な友」において間接的に語《かた》られる寓話の中で、「ちびのハンス」は、友情を騙る粉屋の「身勝手」に振り回されて、無際限の犠牲を強いられ、最終的には生命を落としてしまう。ここでハンスという個人の犠牲はほとんど無意味である一方で、粉屋は「まことの友は、すべてを共有するものだ」という信念のもとその「思いやり」に偽装された「身勝手」に自身は気づくことがない。「非凡なる打ち上げ花火」において興味深いのは、「忠実な友」における「粉屋」的存在――「友情」「思いやり」を喋々《ちょうちょう》と説きながら、実質は「身勝手」な独善性に囚われている――であるのが、主人公の「打ち上げ花火」であり、体面と自負に邪魔されて自らの無能力の認識を欠いたまま、誰の目をも楽しませることのない花火として生を閉じる。本当の「思いやり」のある個人、「身勝手」を本質とする個人のどちらにも、無意味な死という結末しか待ってはいない。

この二篇からは、「身勝手」と「思いやり」を、道徳的に説くのではなく、テーマとして批評的に取り扱おうとしているワイルドの姿勢がうかがえる。この「身勝手」と「思いやり」を学問的な用語で言い直すならば、「利己」と「利他」ということになろう。後者の「利他」という語は、英語では、形容詞としては altruistic であり、一つの立場を表す名詞としては altruism となる。いずれもそれほど古い言葉ではなく、ワイルドの「童話」が書かれる四〇年ほど前に英語に導き入れられた言葉だ。『オックスフォード英語辞典』を参照するならば、形容詞の方の初出は一八五三年、名詞の方は一八五二年となっており、いずれもジョージ・ヘンリー・ルイスの紹介するオーギュスト・コントの文章の一部が例文として採られている。ルイスといえば、思想と科学に関する万般の主題に通じたヴィクトリア時代中期を代表する知識人にして活動的な編集者で、同時代を代表する小説家ジョージ・エリオットと事実上の夫婦のような関係にあったことでも知られる。コント哲学の影響を強く受けたジョージ・エリオットは、その代表作『ミドルマーチ』(一八七一~七二年)に典型的に認められるように、特定の登場人物の心理、思想、生活を精緻に描き出しつつも、社会を、個人としての主人公が単独で対峙する静的な対象ではなく、複数の個人が複雑に絡み合いながら構成する動的な関係として捉えている。個人は「身勝手」だけで、社会の中で生きることはできず、「思いやり」を通して調和的な人間関係を構築しなければならない。そのような認識が「利他」という概念を通して抽象化された背後には、大きな歴史の流れがあった。

イギリスではバーナード・デ・マンデヴィルが一八世紀初めに『蜂の寓話』(一七一四年)を刊行し、その副題にある「私悪すなわち公益」という考え方が広く流布した。個人の利己的な行動は一般的には悪徳と判断されるが経済行為としては社会全体の利益につながるとする説が、『国富論』(一七七六年)のアダム・スミスなど後の世代の思想家に大きな影響を与えることになったのである。もちろん以後、「私悪」とは両立しない「公益」を基盤とする共同体を思想の基盤とする流れがイギリスにおいて途絶えたことはないが、このマンデヴィルの定式が、一八世紀から一九世紀にかけてのイギリス資本主義社会の公式な態度表明を支える思想として一定の力をもったことは疑いない。また一九世紀半ば頃まで、実際のイギリスの政治と経済も、そのような個人と社会を矛盾なく結びつける楽観的な思想によって順調な発展を遂げているという状況を多くの人は肯定することができた。一方で、第一次選挙法改正、チャーティスト運動、穀物法廃止などイギリスの政治と社会を揺るがす出来事が連続して生じた一八三〇年代と一八四〇年代において、すでにそのような楽観によっては処理できない現実が大きく露呈していた。

一八四三年に、チャールズ・ディケンズが『クリスマス・キャロル』を発表すると、たちまち絶大な人気を博した。スクルージという「身勝手」な商人が、三人の精霊の導きに従って、「過去」「現在」「未来」の自分の姿を目にして改心するという物語であり、かつての守銭奴スクルージが「思いやり」のある人間に生まれ変わり、幸福な人生を歩み始めるという結末がつけられている。「私悪すなわち公益」という図式に真っ向から逆らうようなこの小説を書いたディケンズの眼には、すでに一八三〇年代以降、マンデヴィル的な思想が目隠しにしかならない貧困が、社会の中に急速に拡大している状況が映っていたのであり、これは一九世紀後半以降、社会の構成要件として重視される利他的な精神と行動の重要性を先駆的に強調していると評価することはできる（同時代においてディケンズのみが突出した認識を保持していたとはいえないが）。しかしまた『クリスマス・キャロル』のディケンズが、もうひとつ別の楽観的な構図を提供しているといえるのは、そこに「身勝手」が悪であり、「思いやり」が善であるという二元的な価値観が浸透しているからである。「身勝手」な人間が、反省を通して「思いやり」のある人間に変われば、自ずと社会の調和も生じるという発想がここにはある。

一方で、一九世紀後半以降の「利他」概念の成立と普及には、利他的な「思いやり」が自明な善であるという道徳的価値観ではなく、複数の個人の利己と利他をともに要素として含む動的な関係によって成立する複雑な空間として社会を捉える科学的認識が寄与していた。（「ある点まで利他的な行動は、与える者と受ける者に益するが、ある点を超えると与える者と受ける者に害をなすことになる」という一八七三年のハーバート・スペンサーの言葉がそれを象徴的に示している。）スペンサーのみならずチャールズ・ダーウィンやトマス・ハクスリーも含めて同時代の科学的思想家の著作をよく読んでいたワイルドにとっては、利己と利他の関係を道徳的にではなく科学的に捉える視点が自然だったのであり、「粉屋」や「非凡なる打ち上げ花火」の属性としての「身勝手な思いやり」という設定は、その文脈において捉える必要がある。

その一方で、ワイルドの「思いやり」が、同時代の社会的・学問的文脈に容易に回収されてしまうような通俗性を免れているのは、「幸福な王子」「小夜啼き鳥と薔薇」「身勝手な大男」が呈示する美しい自己犠牲の独自の形象が刻み込まれているからだ。この独自性についてはこれまで彼の性的指向（セクシュアリティ）という観点から説明されることが多かった（『ケンブリッジ・コンパニオン』所収のジェルーシャ・マコーマック論文など）。一八八四年に結婚して家庭をもったワイルドだが、同時に一八八六年のロバート・ロスとの出会いを大きな契機として、同性愛者としての自らの性向を認識し、それを行為に結びつけるようになる（ここで「同性愛者」はホモセクシュアルという語の訳語ではなく、性的行為を含めた同性との関係を身体的欲望から指向する人間という意味合いで用いている。当時の「同性愛」文化の文脈とワイルドについては、宮崎かすみ『オスカー・ワイルド――「犯罪者」にして芸術家』が詳しい）。そして当時のイギリスにおいて、男性の同性愛者であることは、個別の男性と親密な身体的関係を結ぶことにとどまらず、ある種の教養を前提とした特権的な文化の中に身を置くことであった。

異性愛者である父親としての家庭生活と同性愛者である恋人としての地下生活という二重生活によって、個人と社会の狭間で生きる快楽と緊張が生じる。「犯罪者」であるがゆえに豊かさと深みを増して捉えられる生活の果てに予見される没落の感覚が、「幸福な王子」を含む独自の自己犠牲の切実な形象に結びついたとはいえよう。

このセクシュアリティについては、ワイルドの「童話」のみならずすべての著作を論じる上で欠かせない切り口ではある。そして『幸福な王子』の核心ともいえる自己犠牲の切迫感の意味づけにおいてはある程度説得力のある観点である。しかし『柘榴の家』収録の四篇を読むならば、部分的にはそれで説明可能な箇所はあるとしても、有効性は低いと感じざるを得ない。

『幸福な王子』所収の五篇は、「身勝手」と「思いやり」という既成の社会的テーマをベースとして、宿命的な自己犠牲の認識という自家製の濃厚なエキスを加えた寓話という趣《おもむき》が強かった。しかし『柘榴の家』所収の四篇は、より渾然一体となった複雑な美しさを醸し出しており、簡単な解析を許さない。ただしこの差異は、刊行年を視野に入れれば、表面的には解ける部分もある。前者の刊行は一八八八年であり、収録された物語はその三年ほど前から各種雑誌に掲載されていた。当時のワイルドは、有名人でこそあったが著作家としてはいまだ何も創造していなかったに等しい。ただし一八八七年には、家庭をもったことによる定収の必要を最大の理由として、『女性世界《ウーマンズ・ワールド》』という雑誌の編集長を引き受けており、また自身も数年前より、匿名の書評も含めて大量の記事を積極的にジャーナリズムに寄稿するようになっていた。当時のワイルドがむしろジャーナリストとして活動していたことから、『幸福な王子』における社会性の強調も腑に落ちるであろう。また短篇の形式をとった「童話」という表面的なスタイルも、散文フィクションの中で定期刊行誌を中心とした当時の文学需要の環境にもっとも適していたため採用されたといえる。

他方、『柘榴の家』の刊行された一八九一年は、ワイルドの文学者としての経歴において決定的な年であった。前年に雑誌に発表していた結果的に唯一の長篇小説となる『ドリアン・グレイの肖像』、小説集『アーサー・サヴィル卿の犯罪』、さらには批評の代表作『意向集《インテンションズ》』の刊行、社会評論の問題作「社会主義下の人間の魂」の発表、翌年上演されワイルドに初めて経済的成功をもたらす「ウィンダミア卿夫人の扇」の執筆と、著作家として八面六臂《はちめんろっぴ》の活躍を果たす。私生活でも後にワイルドの有罪判決を招き寄せることになる恋人アルフレッド・ダグラスと出会っている。もはや自らの運命を摑み取った成功者としてのめくるめくような感覚とそこに萌《きざ》す没落の予感に自然に押されるようにして、作者は『柘榴の家』の「童話」群を、彼個人の芸術性を強烈に刻印した複雑な芸術作品として構築したのである。とはいえそれらのテクストが、悪しき意味での近代的な文学表現としての主観的な表白《ひょうはく》で塗りつぶされている印象はまったくない。むしろ近代以前の物語の報告といった冷静な語りが一貫して枠組みとして機能している。『幸福な王子』が「寓話」的性格が強いのだとすれば、後者はシンプルな意味の構造に還元しにくい「民話」的性格が強いといっていいのかもしれない。

ワイルドの「童話」を考察する上で言及しなければならないのは、彼の生地アイルランドの口承文芸との関わりである。というのも高名な眼科医であった父親ウィリアムとアイルランド愛国主義詩人であった母親「スペランザ」ともに当地の口承文芸に造詣が深く、幼い頃よりワイルドは彼らの口伝えで数々の土俗的な物語に親しんでいたからだ。父親はその種の民話の収集家としても著名で『アイルランド俗信集』（一八五二年）の著作もある。ワイルド童話の文学的素材としてのアイルランド民話という論点については、一定の研究の蓄積もあるが（近年の成果はアン・マーキー『オスカー・ワイルドの童話―その起源と背景』）、最新のワイルド論集である『オスカー・ワイルド・イン・コンテクスト』収録の文章「ワイルド、童話、口承」においてジョラス・キリーンは、アイルランドの口承はワイルドの童話において微かな痕跡しかとどめていないと結論づけている。確かにテーマと内容においては、そうかもしれない。しかしここで問題にしたいのは視点の設定も含めた物語の構築法である。

由良君美《ゆらきみよし》がワイルドに関して興味深い言及を行っている。日本の民俗学を独力で切り開いた柳田國男だが、独創性という点では疑問符をつけざるをえなく、その発想の多くを洋書から得た知識に借りているというのだ。J・G・フレイザー『黄金の枝』（初版一八九〇年）をはじめとする人類学の著作というのはごく当然と思われるが、意外な例として、ワイルドの「虚言の衰退」（一八八九年）を下敷きにして柳田が『不幸なる藝術』（一九五三年）所収の文章を執筆したと指摘している。ワイルドと柳田というつながりが意外に思われるのだとすれば、とりもなおさずそれはある時期以降、日本におけるワイルド受容が、日夏耿之介、谷崎から三島へといたる文学的影響の系譜に収斂されたことの反映であろう。谷崎と同時代に、谷崎と競ってワイルドを読んでいた和辻哲郎、「社会主義下の人間の魂」を訳出した近衛文麿、そしてこの柳田といった多彩な知識人がワイルドから知的刺激を受けていたことは事実として軽視できない。それはおくとしても、とりわけここで日本民俗学の泰斗《たいと》柳田とワイルドの関わりを持ち出したのは、ワイルドの「童話」は、単に題材として彼の生まれ故郷アイルランドのフォークロアを活用しているというよりも、民話採集の視点とその物語の枠組みをある種のフェイクロアとして模しながら、近代社会を超越した共同体とそこに生きる個人の生活の様態を言語によって想像的に構築していると判断されるためである。これは日本の民俗学の確立に際して柳田が駆使した方法論に近い。そしてワイルドはフォークロア的童話の語り口に、人類学という科学的対象認識の方法を応用しつつ、神話学、考古学、歴史学、古典学の学問内容を文学的素材として自由に導き入れていると考えられるのである。

ここで柳田も大いに愛読していたフレイザー『黄金の枝』を世紀末の書として位置づけ、ジークムント・フロイト『トーテムとタブー』(一九一三年)などを参照しつつフレイザーの人類学的テクストとワイルドの著作を、「神話形成力」というタームを用いて結びつける富士川義之『英国の世紀末』の論点が参考になる。ワイルドはその

「童話」の試みにおいて、収集される「民話」という枠組みを用いながら、その民俗的題材を、その根底的な「神話形成力」による錬成を通して、創造される「神話」へと転化している。ワイルドの知的営みが、アイルランドの口承文芸のソースに一義的に還元できないのは、当時新しい学問としてめざましい発展を見せていたイギリスの人類学の展開に彼が通暁していたことが大きい。彼の最初期のエッセイ「歴史批評の勃興」(一八七九年)ならびにオックスフォード在学時代に記したノートブックを参照するならば、彼がE・B・タイラー、ジョン・ラボックなど同時代の人類学者の著作をよく読んでいたことは明瞭である。その学習の成果としての認識は、たとえば「多様な形態をとる人間精神の統一性に依拠することによって、民族的偏見を無化するのが批評である」という対話的批評エッセイの傑作「芸術家としての批評家」(一八九一年)に見られる言葉にもうかがえる。そしてワイルドが、ヴィクトリア時代中期の人類学的学知の摂取を通して、結果的にフレイザー、フロイト、ニーチェの思考に接近することになったのは、やはり「キリスト教」を「人間精神」の「多様な形態」のひとつとして、すなわちその教えを民俗的題材のひとつとして相対的に位置づける視座を獲得していたことによる。

『柘榴の家』所収の諸篇が投げかける、妖しい光芒を放つ混迷とすれすれの深淵の印象は、聖書が呈示する言語と形象を、護教的にではなく芸術解釈的に、つまり「神話」を構成する美的素材の一部としてテクストに象眼していることによって増している。創造された神話テクストの先例としてハインリヒ・ハイネ『流刑の神々』（一八五三年）などが想定できるが、『柘榴の家』のワイルドがもっとも大きく念頭においていたのは、オックスフォード時代にワイルドを散文への道に誘ったウォルター・ペイターの最新刊『想像の肖像画』（一八八七年）であっただろう。そしてペイターの著作が、キリスト教に表される正統の歴史に対峙する異教的な個人の肖像を描き出す傾向が強いのだとすれば、一方でワイルドの著作は「神話」としてのキリスト教の再構築という意図をより濃厚に保持している。

巻頭に置かれた「若き王」の主人公である「王」は、山羊飼いに育てられたが、父王の死に際して王宮に呼び戻され、世継ぎの認証を受ける。唯美的な欲望に身を任せ、戴冠式の際にまとう豪奢な衣裳を夢想する王だが、夢の中で自らが身につける衣裳、真珠、紅玉《ルビー》が労役の産物であることを教えられる。用意された豪華な礼服を拒絶した王は、「野茨の王冠」と山羊飼いの衣裳で町にさまよい出る。大聖堂においてキリスト像の前に跪《ひざまず》いた貧しい衣裳の王は、ステンドグラスを通して差し込む光によって織り成された「美しい礼服」をまとうと、王としての威容を獲得する。かくして「天使のようなお顔」のこの若き王は王宮にふたたび入るのである。

聖書からの個別のひそかな引用以上にここで興味深いのは、ワイルドが、世俗の王権の論理とイエス・キリストの聖性の論理を等価に扱った上で、両者を相互補強の役割を果たすように構築しなおしている点である。途中までこのテクストは、民衆の搾取によって成立する王権の現実を認識した王が王位を放棄して、「貧しさ」を選択し「民衆の王」たる道を選ぶ方向に進行するように思われる。中途で彼が出会うのは、王の贅沢は民衆の労働を保証するゆえに贅沢を享受する方が民衆の生活にとって益になるという経済的観点と、「この世の重荷はひとりの人間が負うにはあまりに大きく、この世の悲しみはひとりの人間の心が耐えるには重すぎるのです」という司教の言葉に見られる社会的観点である。このような経済と社会の見解を織り込んだ常識的把握は、しかしながら彼を王位に連れ戻す役には立たない。「神秘」としか形容しえないキリスト教が放射する光の中で再生する王権にこそ、この若い王は自らの運命を委ねるのである。キリスト教的要素をいったん異教的混沌の中に投じ、ふたたびそれが「神秘の光」をまとって再生する経緯そのものを物語としてワイルドは構築しようとしているかのようだ。

『幸福な王子』を代表するトポスは「庭園」であった。諸篇の中心には「庭園」という場所があり、その理想的空間から別の空間への移動ではなく、そこに生じる時間的な変容に物語のドラマは生じた。空間はあくまでも固定されていたのである。一方で『柘榴の家』において、空間は「若き王」が住まう王宮のように複雑に入り組み、再生を願う魂はそこをさまよわざるをえない。「王女の誕生日」において、自らのパフォーマンスを王女に嘉《よみ》せられた侏儒《こびと》は、自分の醜貌を認識しないまま王女の再度の召しに応じ、王宮をさまようことになる。しかしその果てに侏儒の前に立ち現れるのは、多彩な光線を投げかけるステンドグラスではなく、冷たい自己認識をもたらす鏡であった。迷宮の先に「神秘の光」に対置される認識の鏡を配し、侏儒の死をもって閉じる「王女の誕生日」は「若き王」の陰画として解釈できる。

キリスト教と世俗的王権の混合神話の別バージョンとして捉えられるのは、「星の子」である。偶然森で木樵に見つけられた「星の子」はやがて美しい男児に成長するが、その美しさゆえの高慢のために、訪れた女乞食を母親と知って否認する。しかしその美しさが失われると自らの行為を反省し、母親を求めて旅に出る。ある都市で、魔術師である老爺に買われて地下牢に入れられ、解放の条件として入手を命じられた金貨をいったんは手にするが、それを乞うた癩者に三度にわたり与えてしまう。しかし最後にはこの「星の子」は美貌を回復し、王として迎えられる。癩者が父にして王であり、女乞食が母にして王妃であったのだ。王権成立の神話的フォークロアのフェイクのようなこの作品において、「星の子」は福音書におけるイエスのような無私の精神をもって迷宮としての世界をさまよう。だがこの物語が単なるキリスト教的寓話に終わらなかったのは、「星の子」の最終的な報いが「若き王」としての即位であるという王権の論理が枠組みとして機能していることに加えて、「星の子」の美しい容貌が、ある種の「神秘の光」を透過する媒体としての役割を果たしているからである。

ワイルドにおいて美しい容貌は、絶対的に固定されているかのようでありながら、魂の何らかの変容を反映して醜い容貌と交換される可能性がある。同時期に書かれた小説『ドリアン・グレイの肖像』においても追究されることになる精神と身体の関係の不可思議さを集約する美貌をめぐる謎が、世界を迷宮に変える。「漁師とその魂」の漁師は、美しい人魚との愛に生きるために、魔女と取引を交わして「魂」を切り離す。ここで人魚と漁師が愛の生活を営む海はある種の「庭園」として、「魂」がさまよう世界は「迷宮」として構成されている。しかし最後に漁師は「魂」の誘いに乗ってふたたび「魂」と一体化すると混沌たる世界へと戻り、悪の行為に手をそめてしまうのである。漁師は人魚が住む入り江に戻るが、時すでに遅く、やがて人魚の死体が浜に打ち寄せられ、漁師もまた自ら選んで波に呑まれて死ぬ。「庭園」から離れて、複雑なエロスに彩られる欲望に惑わされて「迷宮」にさまよいこんだ者には、ふたたび「庭園」への帰還を可能にする「神秘の光」が射すことはない。奇蹟が訪れるのは、人魚とともに美しい一対の死体というイメージを自ら贄《にえ》として差し出すことができたことを受けてである。そのときに奇蹟は「不思議な美しさ」をもつ「奇妙な花」として世人の前に現出するのであり、この奇蹟を媒介として、人魚と漁師の死後の生は、司祭による祝福を受けて物語は結末を迎える。

この物語においては、キリスト教護教の論理が一貫しているのではなく、また異教的存在がそれ自体として顕揚されているのでもない。「庭園」に安住できず、「心」から切り離された魂に先導されて「迷宮」をさまよい、その果てに「庭園」への回帰を願いつつもそれが叶えられず中間の波打ち際で溺死するより他ないという人間の運命が、ある種の神話として構築されている。恋愛と欲望につねに引き裂かれ翻弄される存在としてのこの人間の神話は、異教的要素とキリスト教的要素の複雑なモザイク画として構成されている。そしてその聖画に浮かび上がる哀しくも美しいイメージにこそ「神秘の光」は満ち溢れる。「漁師とその魂」における漁師の死より後の数ページは、神秘を呼び起こす美しい悲哀が結晶化したような文章である。同じく祝福が訪れる登場人物の死後の語りをもって閉じる「幸福な王子」と「身勝手な大男」の結末の反復であるとはいえる。しかし『幸福な王子』から『柘榴の家』へと移行し、迷宮をさまようように言葉を綴りつづけたワイルドにとって、キリスト教が妖しくも美しい「神秘の光」をもって甦ったと感じられるほど、その魂の闇は濃さを増していたのである。

〈参照文献〉

Holland, Vyvyan. *Son of Oscar Wilde*. New York: E.P.Dutton, 1954.

Markey, Anne. *Oscar Wilde's Fairy Tales: Origins and Contexts*. Dublin: Irish Academic Press, 2011.
Powell, Kerry and Peter Raby, eds. *Oscar Wilde in Context*. Cambridge: Cambridge University Press, 2013.
Raby, Peter, ed. *The Cambridge Companion to Oscar Wilde*. Cambridge: Cambridge University Press, 1997.
Wilde, Oscar. *Complete Short Fiction*, edited by Ian Small, London: Penguin, 1994.
富士川義之『英国の世紀末』（新書館、一九九九年）
丸谷才一『文章読本』（中央公論社、一九七七年）
宮﨑かすみ『オスカー・ワイルド―「犯罪者」にして芸術家』（中公新書、二〇一三年）
由良君美『みみずく偏書記』（青土社、一九八三年）

ワイルド年譜

一八五四年
一〇月一六日、オスカー・フィンガル・オフラハティー・ウィルズ・ワイルド、ダブリンで生まれる。

一八六四年　一〇歳
アイルランド北部のポートラ・ロイヤル・スクールに入学。

一八七一年　一七歳
ダブリンのトリニティー・コレッジに入学。

一八七四年　二〇歳
オックスフォード大学モードリン・コレッジに入学。

一八七六年　二二歳
父の死。文学士公式第一試験で首席となる。

一八七八年　二四歳
詩「ラヴェンナ」で「ニューディゲイト賞」を取り、優秀な成績でオックスフォード大学を卒業。ロンドンに引き移る。

一八八〇年　二六歳
『ヴェラ、あるいは虚無主義者たち』

一八八一年　二七歳

『詩集』
アメリカ講演旅行のため出帆。
ワイルドをモデルにしたバンソーンという人物が登場するサヴォイ・オペラ「ペイシェンス」上演。

一八八三年　二九歳
アメリカ講演から戻り、二月、三月パリに滞在。
ニューヨークで「ヴェラ」初演されるが、失敗。

一八八四年　三〇歳
コンスタンス・ロイドと結婚。タイト・ストリートに新居を構える。

一八八五年　三一歳
長男シリル誕生。
「ペルメル・ガゼット」に書評を書く。

一八八六年　三二歳
次男ヴィヴィアン誕生。

一八八七年　三三歳
「カンタヴィルの幽霊」「アーサー・サヴィル卿の犯罪」「アルロイ夫人（のちに「秘密のないスフィンクス」と改題）」「模範的億万長者」
「女性世界《ウーマンズ・ワールド》」誌の編集長を務める。

一八八八年　三四歳
童話集『幸福な王子とその他の物語』

一八九〇年　三六歳
「ドリアン・グレイの肖像」を雑誌に連載。

一八九一年　三七歳
『ドリアン・グレイの肖像』単行本刊行。『アーサー・サヴィル卿の犯罪』

『石榴の家』『意向集《インテンションズ》』

アルフレッド・ダグラスと知り合う。

一八九二年　三八歳

二月二〇日「ウィンダミア卿夫人の扇」初演。

「サロメ」の上演が禁止される。

一八九三年　三九歳

「つまらない女」初演。

『サロメ』フランス語版刊行。

一八九四年　四〇歳

『スフィンクス』

『サロメ』英語版刊行。

一八九五年　四一歳

「理想の夫」初演。

「真面目が肝腎」初演。

クインズベリー侯爵を名誉毀損で訴えるが、敗訴。逆に男子との猥褻行為のかどで逮捕される。

四月二六日、最初の公判。

五月二〇日、第二回の公判で有罪となり、二年間の入獄と重労働を言い渡される。

一八九六年　四二歳

母死去。

「サロメ」がパリの「作品座」で上演される。

一八九七年　四三歳

牢屋で『獄中記』を書く。

出獄。フランスへ渡る。

一八九八年　四四歳

妻コンスタンス死去。フランス、イタリア、スイスを転々とする。

長詩『レディング監獄の唄』

一八九九年　四五歳

兄ウィリー死去。

一九〇〇年　四六歳

一一月三〇日、パリにて死去。バニュー墓地に葬られる。

一九〇五年

『獄中記』刊行。

一九〇八年

ロバート・ロス編『オスカー・ワイルド著作集』刊行。

一九〇九年

ワイルドの遺骸がペール・ラシェーズの墓地に改葬される。

訳者あとがき

わたしの読書遍歴は、まず絵本からはじまる。父親が買ってきてくれる絵本は、紙の厚い大判の本で、お伽話《とぎばなし》の主人公たちが画面いっぱいに動きまわっていた。そんな絵本の記憶のなかに、黄金に輝く情け深い王子さまの像とルビーを嘴《くちばし》にくわえたかわいい燕の姿、灰色になった王子さまとその足もとに息絶えて転がっているかわいそうな燕の姿が浮かんでくるのだが、そんな絵本が当時存在していたかどうかはさだかではない――「幸福な王子」は、オスカー・ワイルドの童話集の冒頭の一篇だが、これが最初に訳出されたのは、一九〇六年、弔花、夕雨の共訳になるものが「王子の慈愛《なさけ》」として、「東京日日新聞」に連載された由である。童話集としては、一九一四年に堀口熊二訳の『オスカア・ワイルドの傑作』が、一九一六年には本間久雄訳の『柘榴の家　ワイルド童話集』が刊行されているので、父親の厖大な蔵書のなかに埋もれていたかもしれない。その表紙絵や挿絵を見た幼いわたしが想像をふくらませていたのだろうか。

谷崎潤一郎と三島由紀夫を耽読していた二十代、三十代のころ、この両作家に影響をあたえていたワイルドにわたしはまだ触れていない。三島由紀夫演出の『サロメ』の文学座の舞台は観ていたのだが。

そうして長い年月が経ち、繊細な感性も衰えようかという年ごろになって、ようやくわたしはワイルドの代表作『ドリアン・グレイの肖像』に行き着いた。そして読後の衝撃も醒めやらぬうちに、『幸福な王子とその他の物語』と『柘榴の家』の童話集にようようたどりついたのである。

ワイルドはこの童話集を子どもたちに話してきかせるため、そして繊細な心をもつ大人たちに読んでもらうために書いたといわれているが、ワイルドが意図するところは、あくまでも繊細な心をもつ大人たちのためということではなかったかと思われてならない。これを読みおえたとき、わたしの大人の心が感じたままに訳してみたいという思いが湧いた。本来の童話という形から外《はず》れるかもしれないが、そこに秘められているもろもろを、わたしなりに世の大人たちに伝えたいとおこがましくも考えたのである。

「幸福な王子」は、一読して、幼いころの記憶とはまったくちがう世界が感じられることに気づいた。王子を愛してしまった燕、寒さに凍えながらエジプトに飛び立とうともせず、王子にせがんでその唇にキスをして息絶えた燕のひたむきな愛がじんと感じられた。その瞬間、燕をいとおしむ王子の鉛の心臓がわれた鈍い音を、わたしの耳はたしかに聞いたのである。

「小夜啼き鳥《さよなきどり》と薔薇《ばら》」には、真《まこと》の恋に焦がれる小夜啼き鳥の献身が描かれている。若い学生の恋を成就させようと、薔薇の棘に己の心臓を突き刺し、自らの血を薔薇の花に注いで真紅の花を咲かせる、その妖しくも痛ましい描写がひりひりと心に沁みた。

「やがて小夜啼き鳥は最後の一声《ひとこえ》をふりしぼった。白い月がそれを聞き、暁《あかつき》を忘れ、空を去りかねていた。紅色の薔薇もその声を聞き、恍惚《こうこつ》として総身を震わせ、そしてひんやりとした朝の大気に向かって花びらを開いた。谺《こだま》が丘陵にある紫色の洞窟にその声を運び……その声は川に生える葦のあいだを漂い、葦はその伝言を海に運んだ」（本書四一頁）この一節は、わが身を捧げた小鳥への鎮魂歌かと思われた。

「王女《インファンタ》の誕生日」に登場するのは野生の子である侏儒《こびと》と壮麗な王宮にすむかわいい王女。王女を慕って壮麗な王宮にさまよいこんだ侏儒が、その存在すら知らなかった鏡によって、わが身の醜さを知り悶え死ぬ情景の壮絶さに胸を打たれた。

そして「漁師とその魂」。己の魂をなげうって、人魚の純な愛をかちえた漁師が、人間の乙女の脚に惹かれたがために招いた愛するものの死。「愛は智恵にまさるもの、富より貴く……炎もそれを焼きつくすことはできない」と死んだ人魚をかきいだいて告白する漁師もまた海にさらわれてしまう。物語の最後におとずれる神の恩寵にわたしの心は救われた。

ギリシャの、ローマの、エジプトの文明に目を開き、人間が創造したもろもろの美と、神が創造したもろもろの美に酔いしれるワイルドという作家の感性と知性にわたしは感動した。そしてワイルドは、だれよりも自分自身のためにこれらの童話を書いたのではないかという気がしてならなかった。

このたび翻訳をすすめるうちに、たまたま二つほど小さな発見があったので、それにも触れておこうと思う。

「若き王」（本書一二一頁、―僧たちは『豊穣の神《イシス》』と『冥界の王《オシリス》』に呪いの言葉を浴びせている―）の記述のなかのある言葉に、わたしは疑問を抱いた。最初に読んだ最新の

Puffin版（二〇〇九年）の原文（一九頁）は、the priest have nursed Isis and Osirisとなっていた。前後の文脈からいって、供え物をするという意味の〈nursed〉という言葉に違和感を覚えた。そこで手もとにあったSignet版（二〇〇八年）を開いてみると、これは〈cursed〉（呪った）となっていた。そこでほかのテキストを調べてみると、ざっと次のようなことがわかった。J. R. Osgood, McIlvaine版（一八九一年）、Methuen版（一九〇八年）、Moffat, Yard and Company版（一九一八年）、Random House版（一九三〇年）は、いずれも〈cursed〉となっていた。そしてWordsworth Editions Ltd.版（二〇〇七年）とCollectors Library版は、〈nursed〉となっていた。前後の文脈からいうと、〈cursed〉が正しいと思われたので、本書ではこちらを採った。

校正の段階で、「王女の誕生日」のなかのある単語について（本書一五五頁「風の踊りはなんでも知っている」）校閲からチェックが入った。Puffin版ではwild danceとなっているので、ここははげしい踊りではないかと。このときわたしが使っていたSignet版（二〇〇八年）は〈wind dance〉だったので、調べてみると、J. R. Osgood McIlvaine版（一八九一年）、Moffat, Yard and Company版（一九一八年）、Random House版（一九三〇年）は〈wind〉になっており、Methuen版（一九〇八年）とPuffin版（二〇〇九年）は〈wild〉になっていた。ここでは〈wind〉のほうがふさわしいと思われたので、本書では「颪の踊り」とした。これらのテキストの違いは、単なる誤植によるもののようにも見えるが、どれが正しいのか、そこまでの調べはつかなかった。

最後に本書翻訳の機会をあたえてくださった光文社の駒井稔氏に、翻訳に際してさまざまな助言をいただいた編集部の中町俊伸氏と大橋由香子氏に、細かいチェックをしてくださった校閲の方々に厚く御礼申し上げる。

二〇一六年一二月

本文中に、主人公の道徳観を問う状況を描くなかで「あなたは癩者たちと寝床を共にできますか、乞食を食卓に誘えますか?」(一二八頁)、「癩者は、道のまんなかに立ちはだかり、かれに向かって声をはりあげた。(中略)星の子はまたもやかれを憐れみ、赤い金貨をあたえると」(二六一頁)など、今日の観点からみて使用されるべきではない、ハンセン病患者に対する不適切・差別的な呼称や表現が用いられています。

本書が成立した一八八〇年代当時、この病気は伝染性の強い病とみなされ、患者は社会から排斥されたり隔離されたりするなど、差別的な生活を強いられていました。また第二次世界大戦後に特効薬が普及し完全回復が可能になったのちも、日本では一九九六年に「らい予防法」が廃止されるまで同様の政策がそのまま残っていたのはご承知のとおりです。

現在ではハンセン病と表記しますが、作品成立当時の時代背景、及び聖書との関連で物語を設定していること等に鑑み、当時の呼称を用いました。これらの差別的表現は、当時の社会的状況と未成熟な人権意識に基づくものですが、それが今日ある人権侵害や差別問題を考える手がかりとなり、ひいては作品の歴史的・文学的価値を尊重することにつながると判断したものです。差別の助長を意図するものではないということを、ご理解ください。

編集部

kobunsha classics
光文社古典新訳文庫

幸福《こうふく》な王子《おうじ》／石榴《ざくろ》の家《いえ》

著者 ワイルド
訳者 小尾芙佐《おびふさ》

2017年1月20日 初版第1刷発行
2024年5月30日 第2刷発行

発行者 三宅貴久
印刷 大日本印刷
製本 大日本印刷

発行所 株式会社光文社
〒112-8011東京都文京区音羽1-16-6
電話 03（5395）8162（編集部）
03（5395）8116（書籍販売部）
03（5395）8125（制作部）
www.kobunsha.com

落丁本・乱丁本は制作部へご連絡くだされば、お取り替えいたします。
ISBN978-4-334-75347-4 Printed in Japan

組版 新藤慶昌堂

いま、息をしている言葉で、もういちど古典を

長い年月をかけて世界中で読み継がれてきたのが古典です。奥の深い味わいある作品ばかりがそろっており、この「古典の森」に分け入ることは人生のもっとも大きな喜びであることに異論のある人はいないはずです。しかしながら、こんなに豊饒で魅力に満ちた古典を、なぜわたしたちはこれほどまで疎んじてきたのでしょうか。

ひとつには古臭い教養主義からの逃走だったのかもしれません。真面目に文学や思想を論じることは、ある種の権威化であるという思いから、その呪縛から逃れるために、教養そのものを否定しすぎてしまったのではないでしょうか。

いま、時代は大きな転換期を迎えています。まれに見るスピードで歴史が動いていくのを多くの人々が実感していると思います。

こんな時わたしたちを支え、導いてくれるものが古典なのです。「いま、息をしている言葉で」――光文社の古典新訳文庫は、さまよえる現代人の心の奥底まで届くような言葉で、古典を現代に蘇らせることを意図して創刊されました。気取らず、自由に、心の赴くままに、気軽に手に取って楽しめる古典作品を、新訳という光のもとに読者に届けていくこと。それがこの文庫の使命だとわたしたちは考えています。

このシリーズについてのご意見、ご感想、ご要望をハガキ、手紙、メール等で翻訳編集部までお寄せください。今後の企画の参考にさせていただきます。

メール　info@kotensinyaku.jp

光文社古典新訳文庫　好評既刊

ドリアン・グレイの肖像
ワイルド／仁木《にき》めぐみ◉訳

美貌の青年ドリアンに魅了される画家バジル。ドリアンを快楽に導くヘンリー卿。堕落しても美しいままのドリアン。その秘密は彼の肖像画に隠されていたのだった。（解説・日高真帆）

サロメ
ワイルド／平野《ひらの》啓《けい》一郎《いちろう》◉訳

継父ヘロデ王の御前で艶やかに舞った王女サロメが褒美に求めたものは、囚われの預言者ヨカナーンの首だった。少女の無垢で残酷な激情と悲劇的結末を描く。（解説・田中裕介）

カンタヴィルの幽霊／スフィンクス
ワイルド／南條《なんじょう》竹則《たけのり》◉訳

アメリカ公使一家が買った屋敷には頑張り屋の幽霊が…（「カンタヴィルの幽霊」）。長詩「スフィンクス」ほか短篇4作、ワイルドと親友の女性作家の佳作を含むコラボレーション短篇集！

ジェイン・エア（上・下）
C・ブロンテ／小尾《おび》芙佐《ふさ》◉訳

両親を亡くしたジェイン・エアは寄宿学校で八年間を過ごした後、自立を決意。家庭教師として出向いた館でロチェスターと出会うのだった。運命の扉が開かれる――。（解説・小林章夫）

高慢と偏見（上・下）
オースティン／小尾《おび》芙佐《ふさ》◉訳

高慢で鼻持ちならぬと思っていた相手からの屈折した求愛と、やがて変化する彼への感情。恋のすれ違いを笑いと皮肉たっぷりに描く英国文学の傑作。躍動感あふれる明快な決定訳。

月と六ペンス
モーム／土屋《つちや》政雄《まさお》◉訳

天才画家が、地位や名誉を捨て、恐ろしい病魔に冒されながら最期まで絵筆を離さなかったのは何故か。作家の「私」が、知られざる過去と、情熱の謎に迫る。（解説・松本 朗）

人間のしがらみ（上・下）

モーム／河合《かわい》祥《しょう》一郎《いちろう》◉訳

才能のなさに苦悩したり、愛してくれない人に執着したりと、ままならない人生を送る主人公フィリップ。だが、ある一家との交際のなかで人生の「真実」に気づき……。

すばらしい新世界

オルダス・ハクスリー／黒原《くろはら》敏行《としゆき》◉訳

26世紀、人類は不満と無縁の安定社会を築いていたが…。現代社会の行く末に警鐘を鳴らしつつも、その世界を闊歩する魅惑的人物たちの姿を鮮やかに描いた近未来ＳＦの決定版。

闇の奥

コンラッド／黒原《くろはら》敏行《としゆき》◉訳

船乗りマーロウは、アフリカ奥地で権力を握る男を追跡するため河を遡る旅に出た。沈黙する密林の恐怖。謎めいた男の正体とは？　二〇世紀最大の問題作。（解説・武田ちあき）

チャタレー夫人の恋人

D・H・ロレンス／木村《きむら》政則《まさのり》◉訳

上流階級の夫人のコニーは戦争で下半身不随となった夫の世話をしながら、森番メラーズと逢瀬を重ねる…。地位や立場を超えた愛に希望を求める男女を描いた至高の恋愛小説。

フランケンシュタイン

シェリー／小林《こばやし》章夫《あきお》◉訳

天才科学者フランケンシュタインによって生命を与えられた怪物は、人間の理解と愛を求めるが、醜悪な姿ゆえに疎外され…。これまでの作品イメージを一変させる新訳！

白《びゃく》魔《ま》

マッケン／南條《なんじょう》竹則《たけのり》◉訳

妖魔の森がささやき、少女を魔へと誘う「白魔」や、平凡な銀行員が〝本当の自分〟に覚醒していく「生活のかけら」など、幻想怪奇小説の大家マッケンが描く幻想の世界、全五編！

光文社古典新訳文庫　好評既刊

郵便配達は二度ベルを鳴らす
ケイン／池田真紀子《いけだまきこ》◉訳
セックス、完全犯罪、衝撃の結末…。20世紀アメリカ犯罪小説の金字塔、待望の新訳。緻密な小説構成のなかに、非情な運命に搦めとられる男女の心情を描く。（解説・諏訪部浩一）

武器よさらば（上・下）
ヘミングウェイ／金原瑞人《かねはらみずひと》◉訳
第一次世界大戦の北イタリア戦線。負傷兵運搬の任務に志願したアメリカの青年フレデリック・ヘンリーは、看護婦のキャサリン・バークリと出会う。二人は深く愛し合っていくが…。

老人と海
ヘミングウェイ／小川高義《おがわたかよし》◉訳
独りで舟を出し、海に釣り糸を垂らす老サンチャゴ。巨大なカジキが食らいつき、壮絶な闘いが始まる…。決意に満ちた男の力強い姿と哀愁を描くヘミングウェイの最高傑作。

二都物語（上・下）
ディケンズ／池央耿《いけひろあき》◉訳
シドニー・カートンは愛する人の幸せのため、ある決断をする…。フランス革命下のパリとロンドンを舞台に愛と信念を貫く男女を描く。世界で発行部数2億を超えたディケンズ文学の真骨頂。

クリスマス・キャロル
ディケンズ／池央耿《いけひろあき》◉訳
守銭奴で有名なスクルージは、クリスマス・イヴに盟友だった亡きマーリーの亡霊と対面。マーリーの予言どおり、つらい過去と対面。そして自分の未来を知ることになる――。

オリバー・ツイスト
ディケンズ／唐戸信嘉《からとのぶよし》◉訳
救貧院に生まれた孤児オリバーは、苛酷な境遇を逃れロンドンへ。だが、犯罪者集団に目をつけられ、悪事に巻き込まれていく…。そして、驚くべき出生の秘密が明らかに！

光文社古典新訳文庫　好評既刊

野性の呼び声

ロンドン／深町《ふかまち》眞理子《まりこ》◉訳

犬橇が唯一の通信手段だったアラスカ国境地帯。橇犬バックは、大雪原を駆け抜け、力が支配する世界で闘うち、その血に眠っていたものが目覚めるのだった。（解説・信岡朝子）

白い牙

ロンドン／深町《ふかまち》眞理子《まりこ》◉訳

飢えが支配する北米の凍てつく荒野。人間に利用され、闘いを強いられる狼「ホワイト・ファング（白い牙）」。野性の血を研ぎ澄ます彼の目に映った人間の残虐さと愛情。（解説・信岡朝子）

ヒューマン・コメディ

サローヤン／小川《おがわ》敏子《としこ》◉訳

戦時下、マコーリー家では父が死に、長兄も出征し、14歳のホーマーが電報配達をして家計を支えている。少年と町の人々の悲喜交々を笑いと涙で描いた物語。（解説・舌津智之）

郵便局

チャールズ・ブコウスキー／都甲《とこう》幸治《こうじ》◉訳

配達や仕分けの仕事はつらいけど、それでも働き、飲んだくれ、女性と過ごす…。日本でも90年代に絶大な人気を誇った作家が自らの無頼生活時代をモデルに描いたデビュー長篇。

ドラキュラ

ブラム・ストーカー／唐戸《からと》信嘉《のぶよし》◉訳

トランシルヴァニアの山中の城に潜んでいたドラキュラ伯爵は、さらなる獲物を求め、帆船を意のままに操って嵐の海を渡り、英国へ！吸血鬼文学の代名詞たる不朽の名作。

カーミラ　レ・ファニュ傑作選

レ・ファニュ／南條《なんじょう》竹則《たけのり》◉訳

恋を語るように甘やかに、妖しく迫る美しい令嬢カーミラに魅せられた少女ローラは日に日に生気を奪われ……。ゴシック小説の第一人者レ・ファニュの表題作を含む六編を収録。

kobunsha
classics